THE MIDNIGHT LIBRARY

Publié pour la première fois en anglais
par Hodder Children's Books sous le titre *The Midnight Library – Voices.*

Conforme à la loi n° 49956 du 16 juillet 1949
sur les publications destinées à la jeunesse
ISBN : 2-09-251241-2

NICK SHADOW

THE MIDNIGHT LIBRARY

Histoires de Shaun Hutson
Traduites de l'anglais par Alice Marchand

VOLUME I — LES VOIX

Nathan

Un grand merci à Shaun Hutson.

JE VOUS SOUHAITE LA BIENVENUE, CHERS LECTEURS...

Je m'appelle Nick Shadow, et je suis le conservateur
d'une bibliothèque secrète :

THE MIDNIGHT LIBRARY

Je vous entends d'ici :
Où est cette bibliothèque ?
Pourquoi n'en avons-nous jamais entendu parler ?
Pour votre sécurité, il vaut mieux que cette question reste sans réponse. Cependant... si vous me promettez de ne jamais révéler où vous avez trouvé cette information (quelle que soit la personne ou la *chose* qui exige de le savoir), je vais vous dévoiler ce que je conserve ici, dans cet antique sous-sol. Après des années de recherches, j'ai rassemblé la plus terrifiante collection de récits du monde. Ils vous glaceront le sang, vous donneront la chair de poule et feront trembler vos petits os fragiles.
Mais prenez votre courage à deux mains et tournez la page...
Après tout, que peut-il vous arriver de si terrible ?

LES VOIX

KATE OPPENSHAW traversait l'hôpital avec son père. Leurs pas résonnaient dans le couloir, qui semblait interminable. Ils avaient parcouru ce trajet si souvent ces trois derniers mois, depuis que sa mère avait attrapé cette mystérieuse maladie, que Kate n'arrivait plus à tenir le compte de leurs visites.

Dehors, la pluie martelait les grandes fenêtres qui donnaient sur les jardins de l'hôpital. Kate frissonna.

– Papa, dit-elle pour rompre le silence devenu insupportable, combien d'autres examens vont-ils faire subir à maman ?

– Je ne sais pas, Kate, répondit son père d'une voix apaisante. Ils vont continuer jusqu'à ce qu'ils trouvent ce qu'elle a.

– Mais ça fait des *mois* qu'ils lui font des examens, maintenant, protesta Kate, et ils n'ont toujours rien trouvé. Même quand ils lui ont fait cette grosse opération de la gorge, la semaine dernière.

– Je sais.

Son père lui posa un bras sur les épaules pour la réconforter.

– Mais nous devons faire confiance aux médecins. Ils font de leur mieux.

Une grande porte à double battant apparut devant eux. Frustrée, Kate la poussa de toutes ses forces. Les battants s'écartèrent brutalement, et Kate et son père débarquèrent dans un nouveau couloir. La jeune fille avait l'impression que les murs pâles se resserraient sur elle, de plus en plus étroits.

– Je déteste cet endroit, dit-elle alors qu'ils poursuivaient leur longue traversée.

– Personne n'aime les hôpitaux, Kate, répliqua son père d'une voix douce. Mais tu sais que nous n'avons pas le choix. Quand les médecins auront terminé la dernière série d'examens, ils auront peut-être une meilleure idée de ce qu'il faut faire.

Kate se demanda s'il essayait de la rassurer, elle, ou

de se rassurer lui-même. Sans doute un peu les deux.

La pluie, fouettée par de violentes bourrasques, se mit à tomber encore plus fort. Secouées par le vent, les feuilles et les branches des arbres qui poussaient près des fenêtres frappaient bruyamment les carreaux.

Une nouvelle porte apparut devant eux, surmontée de l'inscription PAVILLON 6. Kate déglutit avec peine. Le pavillon de sa mère.

Elle entra à la suite de son père. Des infirmières et des patients les saluèrent d'un geste. Kate leur rendit leur salut. Depuis que sa mère avait été hospitalisée ici, tout le monde s'était montré très chaleureux.

Kate savait qu'elle ne devrait pas avoir peur de venir, mais elle n'arrivait pas à refouler ce sentiment. Les rideaux d'un lit, sur sa droite, étaient fermés. Elle se demanda ce qui se passait derrière. Finalement, elle décida qu'elle préférait ne pas le savoir.

– Ça va ? lui demanda son père alors qu'ils s'approchaient des deux lits du fond de la salle.

Kate hocha la tête.

L'un des lits était vide.

L'autre était occupé par sa mère.

Il y avait deux médecins et une infirmière à son chevet. Kate nota qu'ils affichaient tous un air grave.

Le plus âgé des deux médecins leva la tête. Kate connaissait son nom : le Dr Venner suivait sa mère. En voyant Kate et son père, il vint à leur rencontre.

– Y a-t-il un changement dans l'état de ma femme, docteur ? demanda le père de Kate avec inquiétude.

– Je suis navré de vous dire que son état s'est aggravé, Mr. Oppenshaw, répondit calmement le Dr Venner.

À ces mots, Kate frissonna.

– De toute ma carrière de médecin, je n'ai jamais rencontré un cas pareil, poursuivit le Dr Venner. Nous avons tout essayé.

Il posa une main compatissante sur l'épaule de Kate.

– Nous allons continuer d'essayer, mais je ne peux rien vous promettre, malheureusement, dit-il avec douceur.

Kate sentit des larmes lui monter aux yeux.

– Nous allons vous laisser seuls avec elle, conclut-il.

Il fit un signe à l'autre médecin et à l'infirmière, et tous trois s'éloignèrent lentement, la tête basse, en pleine discussion.

Kate salua sa mère d'un geste et rassembla son courage pour lui sourire. Puis elle s'approcha, se pencha vers elle et lui posa une bise sur la joue.

– Comment te sens-tu, maman ?

Un pansement épais lui couvrait toujours la gorge.

En la voyant remuer les lèvres, Kate se baissa davantage. Elle devait s'approcher tout près, car la maladie de sa mère avait réduit sa voix à un murmure.

– Très bien, chérie, dit sa mère d'une voix rocailleuse.

Mais Kate voyait bien qu'elle n'allait pas bien. Pas bien du tout.

Son père s'assit de l'autre côté du lit, l'air soucieux.

La malade lui pressa la main, puis reporta son attention sur Kate.

– Comment vas-tu, chérie ? Ça se passe bien à l'école ? Qu'est-ce que tu as fait aujourd'hui ?

Elle était essoufflée, comme si parler lui coûtait encore plus d'efforts qu'avant.

– Juste les trucs habituels, maman, répondit Kate en lui pressant la main.

À cet instant, un autre médecin arriva. Kate vit son badge sur sa longue blouse blanche : Dr Gregory Solomon.

Le Dr Solomon examina le diagramme accroché au pied du lit, en ajoutant une marque de temps en temps avec le stylo qu'il avait sorti de sa poche, et son visage s'assombrit. Il demanda au père de Kate de venir discuter avec lui dans son bureau.

Kate les regarda disparaître derrière la porte, au bout de la salle. Ensuite, sa mère attira son attention en lui prenant la main. Kate se pencha pour qu'elle puisse lui chuchoter à l'oreille.

– Chérie, tu veux bien me rendre un service ?

Le souffle court, elle peinait beaucoup pour émettre des sons.

– Bien sûr, maman. Tout ce que tu voudras.

Sa mère sourit. C'était un sourire triste. Elle décolla la tête de son oreiller pour embrasser Kate, et ses lèvres se posèrent sur son oreille. Ensuite, elle poussa un long soupir.

– Ç'aurait été l'anniversaire de mamie, demain. Peux-tu acheter des fleurs et les déposer sur sa tombe pour moi ?

– Bien sûr, maman.

– Prends de l'argent dans mon sac à main, dans le placard à côté de mon lit. Achète un bouquet d'iris, si tu peux. Ta grand-mère aimait beaucoup les iris.

– O.K., maman. Je peux les acheter chez le fleuriste de l'hôpital en partant, et les déposer au cimetière en allant au collège demain matin.

– Bonne idée, souffla sa mère. J'aime mieux ça, plutôt que tu ailles au cimetière après la classe. Le soir tombe vite, maintenant, et je ne veux pas que tu traînes dehors toute seule quand il fait nuit.

En se redressant, Kate vit que sa mère avait un regard inquiet.

– Ne t'en fais pas, maman : en général, je rentre avec Susie, la rassura-t-elle.

Elle leva la tête : son père revenait de son entretien avec le Dr Solomon. Pâle, il avait l'air abattu.

– Je t'aime, maman, dit Kate en retenant ses larmes.

– Moi aussi, je t'aime, répondit sa mère en lui serrant la main. C'est pour ça que je suis prête à tout pour guérir. Je ne veux pas vous laisser tout seuls, toi et ton père.

– Viens, Kate, dit Mr. Oppenshaw. Nous ferions mieux d'y aller. Ta mère a besoin de se reposer.

Kate embrassa sa mère et s'éloigna. Au bout de la salle, elle se retourna et lui fit des signes ; la malade lui répondit par un faible sourire.

Comme promis, Kate se rendit chez le fleuriste de l'hôpital, près de l'entrée principale, et acheta un bouquet d'iris. Ensuite, elle courut sous la pluie battante avec son père pour rejoindre la voiture.

Tandis qu'ils s'éloignaient, Kate jeta un coup d'œil par-dessus son épaule pour observer l'hôpital. La pluie martelait le pare-brise.

Quelque part, au loin, un coup de tonnerre assourdi se fit entendre.

—

Le lendemain matin, la pluie avait cessé. Malgré la température glaciale, le soleil brillait, éclatant, et se reflétait dans les flaques que Kate évitait en suivant la route de l'église. L'air frais avait un délicieux parfum piquant. La rosée matinale étincelait sur des toiles d'araignées, tels des diamants sur de fines chaînes d'argent.

Les rues étaient encore relativement calmes ; Kate était partie plus tôt qu'à l'accoutumée, pour pouvoir passer voir la tombe de sa grand-mère avant la classe. Elle regarda le bouquet d'iris qu'elle avait acheté la veille au soir.

Devant elle, le clocher de l'église se dressait vers le ciel bleu. Ses pas crissèrent sur les graviers du chemin quand elle franchit la porte du cimetière et partit vers le coin où sa grand-mère était enterrée.

La plupart des pierres tombales situées près de l'église étaient extrêmement anciennes ; Kate ralentit pour lire les inscriptions. Certaines étaient difficiles à déchiffrer : les lettres s'étaient effacées avec le temps. Quelques tombes, parmi les plus vieilles, étaient noircies de mousse et de moisissures ; elles ressemblaient à des dents pourries qui sortaient du sol.

Kate s'approcha pour essuyer les moisissures d'une tombe, afin de pouvoir déchiffrer les inscriptions. Elle mit au jour une grosse limace noire, au sommet de la pierre tombale. En plissant le nez, elle retira vivement sa main. La limace descendit lentement le long de la pierre, en laissant une trace baveuse, et disparut dans l'herbe humide.

– Tu ne trouveras pas de noms sur ces deux tombes.

Cette voix la fit sursauter. Elle se retourna d'un bond et se redressa.

C'était le pasteur – le révérend Dodds, qui avait célébré l'enterrement de sa grand-mère, quelques mois plus tôt. Son col d'ecclésiastique, d'un blanc immaculé, se détachait sur la noirceur de sa soutane.

– Excuse-moi si je t'ai fait peur, dit-il gentiment.

– C'est pas grave, assura Kate.

Le pasteur plissa légèrement les yeux, puis sourit.

– Tu es Kate Oppenshaw, n'est-ce pas ? Nous nous sommes rencontrés à l'enterrement de ta grand-mère.

Kate hocha la tête et sourit à son tour.

– C'est pour ça que je suis venue. C'est l'anniversaire de mamie, aujourd'hui. Maman m'a demandé de déposer ça sur sa tombe, expliqua-t-elle en brandissant le bouquet d'iris.

– Comme c'est gentil ! commenta le révérend Dodds. Je ne vais pas te retenir, alors.

Kate, qui s'apprêtait à poursuivre son chemin, s'immobilisa et se retourna vers les deux tombes fêlées et moisies qu'elle était en train d'inspecter quand le pasteur était apparu.

– Vous avez dit que je ne trouverais pas de noms sur ces deux tombes, reprit-elle. Pourquoi ? Je sais qu'elles sont très anciennes, mais…

– Ce ne sont pas les années ni les intempéries qui ont abîmé ces tombes. Ce sont des gens, répondit le révérend Dodds.

Kate le regarda d'un air perplexe.

Le pasteur sourit.

– Pardonne-moi, Kate : je peux être très ennuyeux quand on me lance sur le sujet. J'étudie l'histoire de cette église depuis mon arrivée, il y a quelques années. Ces deux tombes ont plus de trois cents ans. Ce sont les sépultures d'une mère et de sa fille, que certains paroissiens prenaient pour des sorcières. Le pasteur de l'époque a rejeté ces accusations et donné l'autorisation de les inhumer ici, à côté de l'église, en terre consacrée. Mais les paroissiens qui n'étaient pas d'accord avec lui ont effacé les noms des deux femmes sur leurs tombes.

Kate frissonna.

– Les pauvres ! Je suis d'accord avec le pasteur. Je ne crois pas aux sorcières.

– Pas même à celles qui se déplacent sur un balai volant ? demanda le révérend Dodds avec un sourire.

Kate lui rendit son sourire et secoua la tête.

– À l'époque, la plupart des femmes accusées de sorcellerie étaient exécutées, tu sais, poursuivit le pasteur. C'était souvent parce qu'elles semblaient capables de prédire l'avenir. D'après ceux qui les exécutaient, c'était le diable qui leur avait donné ce pouvoir ; elles étaient donc forcément des sorcières.

– Ça ne paraît pas si mal de pouvoir prédire l'avenir, répliqua Kate. On saurait d'avance ce qui va se passer. Par exemple, on connaîtrait les numéros gagnants à la loterie !

Le révérend Dodds eut l'air amusé.

– Eh bien, autrefois, ce genre de faculté t'aurait valu d'être brûlée vive pour sorcellerie.

Il regarda les deux vieilles tombes abîmées, et prit un ton plus grave :

– Toute femme qui vivait seule, qui était mal vue ou un peu originale risquait d'être accusée de sorcellerie. Personne n'était à l'abri.

Kate hocha la tête.

– Bon, je te laisse vaquer à tes occupations, conclut le révérend Dodds.

Il tourna les talons et retourna vers l'église.

Kate le regarda disparaître à l'intérieur, puis rejoignit en hâte la tombe de sa grand-mère.

– Bonjour, mamie, souffla-t-elle en s'agenouillant auprès de la pierre tombale. Bon anniversaire.

Elle épousseta quelques feuilles tombées au pied de la stèle en marbre et y déposa le bouquet d'iris.

– Je t'ai apporté ça de la part de maman et moi. Je sais que c'étaient tes fleurs préférées.

Cela lui paraissait naturel, curieusement, de parler à sa grand-mère ainsi.

– Maman ne peut pas venir parce qu'elle est toujours à l'hôpital, mamie, continua Kate. Elle est très malade, et les médecins n'ont toujours pas trouvé ce qu'elle a. J'espère que tu la surveilles, que tu la protèges. Où que tu sois, mamie, j'espère que tu m'entends et que tu vas bien.

Très bien, ma chérie, merci.

Kate se retourna d'un bond, cherchant la voix qui lui avait chuchoté à l'oreille – si proche qu'elle aurait juré sentir un souffle.

Il n'y avait toujours personne dans le cimetière, à part elle.

Elle se remit face à la tombe de sa grand-mère et déglutit avec peine.

– Mamie ? souffla-t-elle, hésitante. Mamie, c'est toi ?

Une brise légère fit voleter ses cheveux dans sa nuque. On aurait dit la caresse d'une main.

Kate regarda encore autour d'elle, mais il n'y avait vraiment personne. Elle sentit la chair de poule hérisser la peau de ses bras. La Cellophane qui enveloppait le bouquet d'iris crissa dans la brise.

Kate se leva et recula, en trébuchant presque, sur le chemin.

Oh, ce que j'aurais aimé pouvoir y être ! Décris-le-moi.

Eh bien, comme l'avait demandé tante Augustine, tout le monde était habillé en violet et blanc. Et ils avaient disposé les fleurs de manière à épeler son nom.

Tu aurais dû voir ça ! C'était magnifique. Ils lui ont vraiment fait honneur.

Une fois de plus, Kate scruta les alentours. Personne en vue. D'où venaient ces voix ? Son cœur battait la chamade.

Elle s'éloigna précipitamment vers le portail. Quand elle passa devant l'église, les voix parurent retentir plus fort.

C'était absolument magnifique. Vraiment. Le plus bel enterrement auquel j'aie jamais assisté. Exactement ce que tante Augustine aurait voulu…

Kate soupira de soulagement. Une cérémonie funèbre avait dû commencer à l'intérieur. L'église était ancienne. Son plafond était haut. Le bruit des voix, là-dedans, devait porter.

Contente de sa théorie, Kate hocha la tête. Oui, c'était sûrement ça. Mystère résolu.

Elle poursuivit sa route vers le portail.

Je suis sûre que tante Augustine voyait tout, de là-haut. Elle devait sourire en regardant tout ça.

Surtout quand elle a entendu jouer son hymne préféré, à la fin. Elle a toujours adoré The Old Rugged Cross.

Les voix s'estompaient. Kate sortit du cimetière et rejoignit la route. Elle repartit vers le collège d'un pas rapide. Une brise glaciale secouait ses cheveux, qui lui fouettaient le visage.

—

Au collège, sa journée se déroula comme d'habitude : quelques fous rires avec Susie et ses autres amies, une ou deux disputes avec des garçons de sa classe, et des discussions sur ce qu'ils avaient vu à la télévision la veille au soir et sur ce qu'ils feraient ce week-end.

Le seul point noir avait été Daisy Barton, comme toujours : Daisy avait dit à Susie qu'elle avait le CD de WestZone en double et qu'elle était prête à le lui vendre à moitié prix. WestZone était la coqueluche du moment, et ce CD était le seul album du groupe qui manquait à la collection de Susie.

– Elle ne m'avait pas dit qu'il avait une vilaine rayure tout du long ! se lamenta Susie.

Les deux amies étaient assises au fond de la classe.

– Je ne m'en suis rendu compte qu'après lui avoir donné l'argent, quand j'ai essayé de l'écouter chez moi, hier soir. Et elle a refusé de le reprendre. Elle fait toujours des coups de ce genre.

– Daisy est une égoïste, répondit Kate. Et puis elle est sans doute jalouse que tu aies réussi à obtenir une place pour le concert de WestZone et pas elle, tout ça parce qu'elle a eu la flemme d'aller faire la queue des heures devant le guichet, comme nous.

Susie sourit.

– Tu as sans doute raison.

Elle semblait un peu consolée, à présent.

—

– Je dois faire des courses en route, dit Susie à Kate quand la sonnerie annonça la fin des cours. Tu veux venir ?

– Il vaut mieux que je rentre, répondit Kate. J'ai l'habitude de préparer le dîner pour papa avant qu'on aille voir maman à l'hôpital.

– D'accord. Dis bonjour à ta mère de ma part, lança Susie, avant de filer dans la direction opposée.

Kate resta un moment seule sur le trottoir, puis se mit en route vers sa maison. Il commençait déjà à faire sombre quand elle passa devant l'église.

Dis-lui que je veux ces photos vendredi au plus tard, sinon je ne paierai pas.

Kate ralentit l'allure. La voix résonnait très fort dans son oreille.

Je l'ai prévenu, mais il dit qu'il ne peut rien faire.

Le ton de la conversation s'envenimait. Kate remarqua que la porte de l'église était ouverte.

Je te le répète : je les veux vendredi, sinon je ne paie pas.

Elle passa la tête par l'ouverture pour voir ce qui se passait.

L'église était vide.

Comme tu voudras. Je lui ai parlé, je ne peux rien faire de plus.

Perplexe, Kate ne comprenait pas d'où venaient les voix. Elle fit quelques pas à l'intérieur de l'édifice, en admirant les magnifiques vitraux colorés.

– Bonjour, Kate.

Elle se retourna d'un bond, prise au dépourvu – mais cette fois, il s'agissait d'une voix familière.

Le révérend Dodds était tout près d'elle : il punaisait quelque chose au panneau d'affichage, derrière la porte.

– Excuse-moi si je t'ai fait peur, dit-il gaiement. Je peux t'aider ?

– J'ai entendu quelqu'un parler, répondit Kate d'une voix tremblante. Ici.

– Impossible. À moins que tu m'aies entendu parler tout seul, fit-il en souriant. Et j'espère que non : il paraît que c'est le premier signe de démence !

Kate acquiesça et balaya de nouveau l'église du regard ; elle entendait toujours les autres voix dans sa tête. Elle avait vraiment cru que cette dispute venait de l'église.

– Désolée de vous avoir dérangé, dit-elle.

Elle tourna les talons et partit en hâte.

Kate était assise au chevet de sa mère. Elle ne pouvait plus s'arrêter de sourire. Sa mère s'était redressée dans son lit, et elle avait meilleure mine : Kate ne l'avait pas vue comme ça depuis des mois.

Le Dr Venner jeta un coup d'œil au diagramme qu'il avait à la main et secoua la tête, un sourire amusé sur les lèvres.

– Je dois t'avouer que ta mère n'arrête pas de nous étonner, Kate, commença-t-il. D'abord, elle vient à l'hôpital et on ne trouve pas ce qu'elle a ; et puis, tout d'un coup, elle se met à guérir et on ne sait pas pourquoi. L'amélioration est impressionnante, je dois dire.

– Alors elle peut rentrer à la maison ? demanda Kate.

– Je l'espère, dit le Dr Venner. Mais voyons d'abord comment les choses évoluent, d'accord ? Tu veux que ta mère retrouve sa forme d'avant, non ? Il n'est pas question de la laisser partir avant qu'elle soit totalement rétablie.

Il raccrocha le diagramme, leur sourit et s'éloigna vers un autre patient de la salle.

– Tu es contente, Kate ? l'interrogea son père.

Kate hocha la tête et sourit.

– Tu te sens vraiment mieux, maman ?

– Beaucoup mieux, répondit doucement sa mère, en lui prenant la main.

– C'est bizarre qu'ils ne sachent pas ce que tu as et que, maintenant, ils ne sachent toujours pas pourquoi tu vas mieux ! Mais je m'en fiche : tout ce qui compte, c'est que tu vas bientôt revenir à la maison ! dit Kate, ravie. Je meurs d'impatience.

– Ta mère doit quand même se reposer, intervint son père. Si elle est tombée malade sans signe avant-coureur, ça pourrait se reproduire.

– Non, ça ne se reproduira pas, murmura la mère de Kate.

– Mais tu ne sais pas pourquoi tu as dû être hospitalisée, chérie ! répliqua Mr. Oppenshaw. Alors comment peux-tu en être si sûre ?

– Je le sais, c'est tout. De toute façon, vous allez veiller sur moi, tous les deux, non ?

– Je ferai tout ce que tu voudras, maman, dit Kate.

– Même tes devoirs ? demanda sa mère avec un sourire.

Kate fit signe que oui en éclatant de rire.

– J'ai guéri grâce à toi, Kate, lui souffla sa mère en lui caressant la joue. Tu me remontes toujours le moral quand tu viens me rendre visite. Et ton père aussi.

Elle se pencha en avant pour embrasser sa fille et ajouta :

– Merci.

Kate la serra dans ses bras.

– Je suis désolée, murmura sa mère, l'air triste.

– De quoi ? s'étonna Kate.

– De tous les problèmes que j'ai causés. Toute cette inquiétude…

– Mais maman… tout ira bien maintenant, non ?

Sa mère sourit, mais ne répondit pas.

—

– À quoi tu penses, Kate ? demanda Susie, au collège, le lendemain. Tu n'as pratiquement pas ouvert la bouche depuis le déjeuner, ajouta-t-elle en fourrant une nouvelle chips dans sa bouche. C'est ta mère ?

Kate secoua la tête. Le regard fixé sur la cour de récréation, elle mordit dans son sandwich et le mâcha d'un air pensif.

– Ça va te paraître idiot, mais… tu as déjà entendu des voix ?

– Quel genre de voix ? questionna Susie.

– Tu sais, des *voix*… quand tu ne vois personne mais que tu les entends.

Susie réfléchit.

– Eh bien, j'ai lu dans une des revues scientifiques de mon frère que les plombages dentaires peuvent capter des ondes extraterrestres, dit-elle.

– Des ondes extraterrestres ? Qu'est-ce que c'est ?

– Euh… le bruit des soucoupes volantes, je suppose. Des vaisseaux spatiaux. Je ne suis pas sûre d'y croire moi-même, reprit Susie en haussant les épaules. Ça paraît un peu tiré par les cheveux, que les extraterrestres puissent contacter les humains par leurs plombages. Mais apparemment, ça a un rapport avec le fait que les plombages métalliques sont conducteurs ou je ne sais quoi… Un peu comme une radio, conclut-elle.

Elle écarquilla les yeux.

– Pourquoi ? Tu as entendu des voix, toi ?

– Oui… enfin, je ne sais pas. J'ai dû rêver. Mais je suis sûre que ce n'étaient pas des extraterrestres, dit Kate en souriant. C'étaient des vraies voix. Des gens qui discutaient.

– C'étaient peut-être des extraterrestres quand même, insista Susie. Ben oui : il se peut qu'ils nous ressemblent, non ? Peut-être que toi-même, tu viens d'une autre planète ! Qu'est-ce que j'en sais ?

Kate sourit.

– Si les gens peuvent capter des ondes extraterrestres avec leurs plombages, tu crois que ton frère pourrait capter une station de radio avec son appareil dentaire ?

Les deux filles s'écroulèrent de rire.

—

Alors qu'elle s'approchait de l'église, en rentrant chez elle, Kate se demanda avec anxiété si elle entendrait encore des voix. Ou bien avait-elle imaginé tout ça ?

Je te verrai vers six heures, alors – quand tu auras déposé les enfants.

C'est ça. Douze roses rouges à livrer à Mrs. Ursula Burke. Merci.

N'oublie pas d'acheter de la nourriture pour chiens en rentrant à la maison.

Kate ferma les yeux. Ça recommençait. Toutes sortes de voix différentes, qui ne semblaient pas se répondre entre elles.

À quelle heure commence le film ? On ne veut pas être en retard.

Dis-lui que je mettrai cette robe noire. Je ne veux pas débarquer là-bas dans la même tenue que Kelly.

Les voix lui pleuvaient dessus comme des missiles.

Paniquée, Kate rouvrit les yeux et voulut s'enfuir, échapper à ce bruit. À cet instant, elle vit… une plaque brillante fixée au mur de l'église, près de l'entrée.

TOIT DE L'ÉGLISE SAINT-BARTOL
RESTAURÉ PAR NATIONAL TELECOM

Elle leva la tête. Une antenne de téléphonie mobile était perchée tout là-haut sur le clocher de l'église, telle une balise métallique.

– Oui, il est superbe, n'est-ce pas, le nouveau toit ?

Au début, Kate crut que c'était encore une voix dans sa tête. Mais elle sentit qu'on lui touchait le bras.

– Tout va bien, ma grande ? fit la voix.

Kate se retourna : une vieille dame au regard aimable la dévisageait d'un air inquiet. Tétanisée, Kate fit signe que oui ; elle était incapable d'expliquer ce qui lui arrivait.

La vieille dame sourit et indiqua la plaque.

– Ce sont eux qui ont payé les travaux, continua-t-elle. En échange, le révérend Dodds leur a permis d'installer cette espèce de poteau pour les téléphones portables, là-haut, tu vois.

Elle étudia le visage de Kate.

– Tu es sûre que ça va, ma grande ? Tu es affreusement pâle.

Kate acquiesça de nouveau et s'éloigna précipitamment, prise de vertige. Les voix commencèrent à s'estomper.

Elle revint vers l'église.

Je t'assure, ils auraient dû marquer au moins deux buts avant la mi-temps...

Vous êtes sur la messagerie National Telecom du numéro...

Ah... bonjour... J'ai acheté ce portable il y a quelque temps et j'aimerais en changer.

C'était ça, la réponse. Forcément.

Kate n'était pas en train de devenir folle. Les voix qu'elle entendait, ces bribes de conversations, étaient transmises à des téléphones portables.

Et, d'une manière ou d'une autre, Kate les captait par l'entremise du poteau téléphonique.

—

– Tu as vraiment meilleure mine, maman ! s'exclama Kate.

Calée contre des oreillers, sa mère était assise dans son lit et ses joues avaient repris de saines couleurs.

– Je me sens beaucoup mieux, confirma-t-elle, avant de boire une gorgée de thé. Mais toi, comment te sens-tu, chérie ?

Kate haussa les épaules.

– Très bien…

Pendant un moment, elle envisagea de mentionner les voix, mais cela lui parut égoïste. Sa mère avait besoin de toutes ses forces pour guérir. Ce n'était pas le moment de lui donner du souci.

– Tu es sûre ? reprit sa mère. Tout se passe bien à l'école ? Susie va bien ?

– Maman, je viens de te le dire. Tout va bien. Pourquoi tu insistes ?

– Je suis inquiète. Tu as eu beaucoup de responsabilités depuis mon hospitalisation. Je sais que ça n'a pas été facile pour toi. Je suis désolée.

– Tu n'arrêtes pas de t'excuser, maman. C'est pas ta faute si tu es tombée malade.

Sa mère secoua lentement la tête.

– Tu sais que je t'aime, n'est-ce pas ?

– Mamaaaan… protesta Kate en rougissant.

– Rappelle-toi juste que je serai toujours là pour toi, lui dit sa mère.

—

Un taxi à onze heures et demie. Très bien, c'est noté.

Sortez de là et ne revenez pas !

Kate ouvrit les yeux et se retourna si vivement dans son lit qu'elle faillit en tomber. « Oh non, pas encore ! Pas chez moi ! Comment est-ce possible ? » se demanda-t-elle, désespérée. Elle se plaqua les mains sur les oreilles, frustrée, en se concentrant pour que les voix s'arrêtent. Voilà qu'à présent elle captait des conversations téléphoniques même quand elle n'était pas à côté d'une antenne !

Elle contempla le plafond, épuisée, mais elle mit longtemps à se rendormir.

Elle se réveilla en sursaut le lendemain matin. En se redressant dans son lit, elle tâta prudemment ses oreilles. Elle bâilla… et s'entendit nettement. Il n'y avait plus ce brouhaha de voix étourdissant pour étouffer le bruit de son bâillement.

Plus détendue, Kate fit sa toilette et s'habilla.

Désolé, chérie, je vais être en retard. Il y a des bouchons épouvantables.

Kate déglutit avec peine. « Oh non, pourvu que ça ne recommence pas ! » songea-t-elle.

Oh, allons chez l'Italien. J'ai envie de manger des spaghettis ce soir…

Kate attendit un moment, écoutant défiler les bribes de conversations. Enfin, toutes ces voix revinrent à un niveau sonore supportable. Ce qui ne lui expliquait pas comment ce phénomène se produisait, malgré tout.

Son père terminait son petit déjeuner en hâte quand elle entra dans la cuisine. Les voix bourdonnaient toujours dans sa tête.

Kate hésita, tentée de lui confier son problème.

– Je dois y aller, chérie, dit-il en passant précipitamment devant elle, sinon je serai en retard au travail.

Il s'arrêta, se retourna et lui posa un baiser sur le front, puis disparut par la porte d'entrée en lançant :

– Je t'aime !

– Moi aussi, je t'aime, papa, soupira Kate en écoutant sa voiture démarrer, dehors.

Elle vida rapidement un bol de céréales, puis se mit en route pour le collège.

Son cœur se serra quand elle arriva en vue de l'église. Mais, maintenant que les conversations téléphoniques lui parvenaient tout aussi facilement quand elle était loin de l'antenne, cela ne changea pas grand-chose quand elle s'en approcha.

Plusieurs voitures étaient garées devant. On célébrait un enterrement.

Kate entendit de la musique d'église se mêler aux voix. La congrégation chantait *The Old Rugged Cross*. Elle se rappela qu'elle avait entendu quelqu'un mentionner cet hymne alors qu'elle passait devant l'église. Quelqu'un qui évoquait l'enterrement d'une dame au nom inhabituel. Comment s'appelait-elle, déjà ? Augustine, ou quelque chose comme ça. Elle voulait que tout le monde s'habille en violet et blanc.

Kate s'arrêta, les yeux levés vers l'antenne téléphonique sur le toit de l'église, et se demanda quoi faire de ces bribes de conversations qui résonnaient toujours dans sa tête.

Le chant se termina et Kate vit six hommes en

noir sortir de l'église avec un cercueil sur les épaules. Ils avaient tous un chapeau haut de forme entouré d'un ruban violet, qui voletait dans le vent comme un fanion de deuil.

La congrégation suivit ; ils étaient tous vêtus de violet et de blanc.

Quand on tourna le cercueil, elle vit que les fleurs violettes et blanches qui décoraient le couvercle formaient un nom.

AUGUSTINE

Kate n'attendit pas d'en voir plus. Elle se détourna et s'éloigna rapidement dans la rue. Elle avait envie de hurler. De crier aux voix de sortir de sa tête. Elle voulait ignorer la révélation plus effrayante encore qu'elle venait d'avoir : certaines des conversations qu'elle captait n'avaient même pas encore eu lieu ! Elle avait entendu parler de l'enterrement d'Augustine *plusieurs jours* auparavant. Mais il avait lieu ce matin.

« Comment le révérend Dodds appelait ça, déjà ? se demanda Kate. La sorcellerie ? Mais je ne suis pas une sorcière, moi ! »

Les éboueurs faisaient leur tournée ; ils vidaient les poubelles à l'arrière de leur petite camionnette qui avançait lentement. Le bruit du broyeur, quand il mâchait les ordures, était assourdissant. Encore plus fort que les voix dans sa tête.

– Kate.

Elle continua de marcher.

– Kate !

Cette voix était devenue plus forte que les autres ; Kate se rendit compte qu'elle ne venait pas de l'intérieur de son crâne, mais de l'extérieur, derrière elle.

Elle se retourna. Susie traversait la rue en courant pour la rejoindre.

– J'ai cru que tu m'ignorais, dit-elle, le souffle court.

– Je ne t'avais pas entendue, expliqua Kate à son amie.

– Je ne suis pas étonnée, avec le raffut que font les éboueurs ! Mais ce ne seront pas les seuls à faire du raffut, aujourd'hui : il y a aussi Mrs. Lawson !

– Pourquoi ?

– Hou-hou ! Parce que pratiquement personne n'aura réussi à faire correctement cet exercice de maths qu'elle nous a donné. Je sais qu'elle est un peu tyrannique, mais quand même, elle ne nous avait jamais donné de devoirs aussi difficiles ! Pitié, ne me dis pas que tu l'as trouvé facile !

– Oh ! Je ne l'ai même pas regardé.

– Aïe ! Avec n'importe quel autre prof, tu aurais pu t'en tirer, vu que ta mère est à l'hôpital et tout, mais pas avec Mrs. Lawson !

Horrifiée, Kate prit une profonde inspiration.

– Qu'est-ce que je vais faire ?

– Euh… quitter le pays ? Faire de la chirurgie esthétique pour qu'elle ne te reconnaisse pas ? Je suis désolée, c'est pas la peine de recopier le mien : je sais que j'ai faux. Elle devinerait forcément que l'une de nous a copié si on a toutes les deux la même réponse fausse.

– Je ferai l'exercice en attendant la sonnerie, décida Kate.

– Il m'a fallu deux heures pour en faire une petite partie, répliqua Susie. Et il y a deux pages entières de questions. Tu ne pourras jamais faire tout ça avant la sonnerie !

Elles entrèrent dans la cour ; préoccupée par le

devoir de mathématiques, Susie poursuivit sa litanie.

– Comment pouvait-elle espérer qu'on ferait tout ça en deux soirs ? Je parie qu'elle n'a jamais eu un devoir aussi long, elle, quand elle allait à l'école.

Je suis terriblement désolée, Mr. Johns. Je ne me sens vraiment pas bien…

C'était la voix de Mrs. Lawson.

Comme je ne viendrai pas faire cours aujourd'hui, j'aimerais que vous annonciez à mes élèves qu'ils disposent d'une journée supplémentaire pour terminer leur devoir.

Kate se tourna vers Susie.

– Peut-être que Mrs. Lawson ne sera pas là, aujourd'hui, dit-elle au moment où la cloche sonnait.

– Mais si, sûrement ! protesta Susie. Elle n'est jamais absente. Elle n'est jamais malade. C'est comme une sorte d'extraterrestre ; elle n'attrape même jamais de rhume !

Kate regarda Susie et, pendant une seconde, eut envie de lui confier qu'elle venait de capter l'appel de Mrs. Lawson dans sa tête. Puis elle se ravisa.

Elle partit voir Daisy Barton.

– Daisy ?

L'autre se retourna.

– Qu'est-ce que tu veux ?

– Tu as fait le devoir de maths, je suppose ? demanda Kate.

– Bien sûr, répondit Daisy avec dédain. Pourquoi ? Pas toi ?

Kate secoua la tête.

– Écoute, je te propose un marché. Si Mrs. Lawson est absente, tu nous laisses recopier tes réponses, Susie et moi. D'accord ? Et si elle est là, je te donne ma place pour le concert de WestZone.

Daisy la regarda avec stupeur, puis afficha un grand sourire.

– Marché conclu ! Tu dois avoir drôlement peur de Mrs. Lawson, c'est tout ce que je peux te dire !

– Kate... qu'est-ce que tu fabriques ? souffla Susie. Tu as intérêt à avoir raison.

– J'ai raison, tu verras, lui assura Kate.

– Et si tu te trompes ? murmura Susie, inquiète.

– Je ne crois pas, répondit Kate à voix basse.

– Eh bien, on le saura très vite. On a maths en première heure...

La classe attendit avec angoisse l'arrivée de Mrs. Lawson.

Mais la porte s'ouvrit sur Mr. Johns, le principal. Il les salua d'un hochement de tête.

– J'ai le regret de vous annoncer que Mrs. Lawson ne se sent pas très bien, aujourd'hui, les informa-t-il. Elle vient de m'appeler de son portable pour me dire qu'elle était en route, mais qu'elle faisait demi-tour pour rentrer chez elle et qu'elle ne viendrait pas.

Au fond de la classe, quelqu'un poussa un cri de joie.

Daisy, ahurie, ouvrait et fermait la bouche comme un poisson rouge.

Kate lâcha un soupir de soulagement et de plaisir mêlés, et jeta un coup d'œil à Susie, qui haussa les épaules et articula une question muette : « Comment le savais-tu ? »

– Apparemment, Mrs. Lawson vous avait donné un devoir, poursuivit Mr. Johns. Et elle m'a chargé de vous dire que vous pouvez profiter de cette heure de permanence pour le terminer, en attendant son retour.

Il y eut de nouveaux cris de joie.

Kate regarda Susie et sourit.

Son amie se pencha pour lui chuchoter dans l'oreille :

– Tu dois être une sorcière !

Elle avait l'air ravie.

—

Au début, Kate crut qu'elle rêvait.

Ensuite, elle comprit que les voix affolées qui résonnaient dans sa tête étaient on ne peut plus réelles.

Elle prit une profonde inspiration et s'efforça de se concentrer sur ce que les voix disaient. Un peu comme si elle essayait de régler une station de radio.

Il quitte le groupe… Je n'arrive pas à le croire…

Les mots défilaient dans sa tête.

Des millions de disques… une tournée de promotion… WestZone ne sera plus la même chose sans lui…

Kate ferma les yeux pendant un moment. Une phrase, parmi toutes les autres, sembla se détacher dans son esprit, comme une lampe de poche dans le noir.

Noooon ! Comment Richie peut-il nous faire ça ?

Kate secoua la tête. Richie quittait WestZone ? C'était pire qu'un cauchemar ! Richie était son chanteur préféré au monde.

Elle regarda sa table de chevet, où, tel un trophée, trônait sa place pour le concert de WestZone, qui affichait complet.

Elle se leva et sortit discrètement sur le palier, en grimaçant quand une des lattes du plancher grinça. Elle attendit, pour voir si elle avait réveillé son père, puis, décidant que non, elle descendit l'escalier, entra dans le salon et alluma la lumière.

Le journal était posé sur le canapé. Kate le feuilleta rapidement.

Le fait que Richie quittait le groupe n'y était mentionné nulle part – et si c'était arrivé, raisonna Kate, une de ses amies aurait forcément été au courant et lui en aurait parlé. En particulier Susie. Elle était fan de WestZone – même si son membre préféré du groupe, c'était Karl. On ne voyait plus le papier peint dans sa chambre tellement elle avait d'affiches de Karl.

Kate réfléchit quelques instants, puis alluma

la télévision et baissa précipitamment le volume.

Elle regarda le journal télévisé. Pas un mot sur le départ de Richie. Elle consulta le télétexte.

Rien.

Elle éteignit le poste et se roula en boule dans le canapé, le cœur battant. Manifestement, Richie n'avait *pas* quitté le groupe. Pas encore.

Elle repensa à la conversation téléphonique qu'elle avait entendue à propos d'un enterrement – alors qu'il n'avait pas encore eu lieu. Et se rappela qu'elle avait également capté l'appel de Mrs. Lawson à Mr. Johns *avant* qu'il se produise.

Si les voix dans sa tête avaient encore raison, Richie allait bel et bien quitter WestZone, même si ce n'était pas encore fait.

Kate resta immobile pendant longtemps avant de retourner se coucher. Mais elle mit des heures à s'endormir. Et pas seulement à cause des voix qui bourdonnaient dans sa tête.

—

Quand son réveil sonna, le lendemain matin, Kate était encore un peu engourdie, car elle n'avait pas assez dormi. Mais quand elle aperçut son billet pour le concert de WestZone, une idée germa dans son esprit.

Elle glissa le billet dans la petite poche de son cartable et descendit rapidement.

Ce matin-là, elle avala son petit déjeuner à toute vitesse et sortit avant son père, qui eut tout juste le temps de lui dire au revoir alors qu'elle s'élançait dans la rue.

– Pourquoi as-tu apporté ton billet pour West-Zone ? voulut savoir Susie quand Kate le sortit de son sac, au collège. Tu ferais mieux de le cacher ! Sinon Daisy Barton va se remettre à pleurnicher parce qu'elle s'y est prise trop tard pour avoir une place aussi.

– Eh bien, elle peut m'acheter celui-là si elle veut, répliqua Kate.

– Quoi ? fit Susie, bouche bée. Je croyais que tu mourais d'envie de voir Richie chanter en live. J'ai lu que WestZone ne ferait plus de tournée avant au moins un an.

– Mais si Daisy veut ma place, elle peut l'acheter, répéta Kate. Je n'aime plus trop WestZone ; et puis maintenant, je préférerais acheter un beau cadeau à ma mère pour quand elle sortira de l'hôpital.

– Ah, c'est drôlement gentil… mais je meurs d'impatience de voir Karl en chair et en os, moi ! Je ne vendrais pas ma place pour un million ! plaisanta Susie.

Kate sourit.

– Bon, d'accord… pour un million, peut-être, gloussa Susie.

Elles virent Daisy Barton traverser la cour avec ses copines.

Kate fonça droit vers elle, en montrant fièrement son billet.

– Hé, Daisy ! Tu voulais une place pour le concert de WestZone, non ?

Daisy écarquilla les yeux en voyant le billet.

– C'est une blague ? questionna-t-elle, méfiante. Tu essaies de me faire bisquer ?

Kate secoua la tête.

– Si tu le veux, je te le vends. Je ne suis plus aussi fan de WestZone qu'avant.

– D'accord, dit Daisy. Je rentrerai chez moi à l'heure du déjeuner et je prendrai l'argent.

– Parfait, l'approuva Kate avec un sourire.

Daisy lui agrippa le bras.

– T'as pas intérêt à changer d'avis.

– Je ne changerai pas d'avis, promis.

– Cool ! s'exclama Daisy, avant de s'éloigner avec ses amies.

– Ç'a été facile, hein ? commenta Kate en jetant un coup d'œil à son billet.

Susie la regarda avec de grands yeux et secoua la tête.

– Je ne comprends toujours pas comment tu as pu faire ça, Kate. Moi, pas question que je vende le mien. Ça me rendrait malade de rater WestZone.

– Je crois que je vais survivre, répondit Kate alors qu'elles regagnaient leur salle de classe.

Les voix s'étaient réduites à un bourdonnement plus léger. Un peu comme des mouches autour d'une lampe. C'était agaçant, mais supportable. Et quand Daisy lui donna l'argent, l'après-midi, sa tête s'était presque entièrement dégagée.

– Tu pourrais acheter trois ou quatre CD avec tout ça, commenta Susie avec envie. Ou deux nouveaux tee-shirts.

Kate rangea les billets dans son porte-monnaie.

– Je t'ai dit que je voulais acheter quelque chose à ma mère, un cadeau de bienvenue pour son retour à la maison, répliqua-t-elle, le regard tourné vers la fenêtre.

– Tu sais quand elle doit sortir de l'hôpital ? demanda Susie.

– Pas encore. Mais bientôt, j'espère. Ce sera génial de la retrouver à la maison.

—

Quand Kate arriva chez elle après les cours, elle se prépara un sandwich, puis gagna le salon et alluma la télévision. C'était l'heure de l'une de ses émissions musicales préférées.

Kate remarqua aussitôt qu'il y avait des photos de WestZone derrière le présentateur. Elle prit la télécommande et monta le son.

– L'impensable s'est produit ! disait le présentateur. Il y a une heure, Richie a annoncé qu'il avait quitté WestZone ! C'est difficile à croire, je sais. Il doit faire une brève apparition dans une conférence de presse pour parler de ses projets d'avenir…

Kate, devant l'écran, mastiquait son sandwich d'un air songeur.

– WestZone a vendu plus de vingt millions d'albums dans le monde entier, avec Richie comme chanteur, poursuivit le présentateur. Le groupe a déclaré que la tournée en cours allait se poursuivre, mais, malheureusement pour les fans de Richie, sans lui.

Le téléphone sonna.

Kate se leva et décrocha le combiné.

– Allô ? dit-elle en gardant un œil rivé à l'écran.

Elle reconnut immédiatement la voix au bout du fil. C'était Daisy Barton.

– Kate, je viens d'apprendre que Richie quittait WestZone, commença Daisy.

– Je sais, je viens de le voir à la télé, dit Kate.

– Eh bien, la seule raison pour laquelle je voulais les voir, c'était parce que j'aime bien Richie ! hurla Daisy dans le combiné. Je ne veux plus y aller. Je veux que tu me rendes mon argent !

– Désolée, Daisy, répliqua Kate avec fermeté. Ce n'est pas mon problème si tu ne veux plus aller au concert.

Elle raccrocha et retourna s'asseoir dans le canapé, les yeux fixés sur l'écran. Le présentateur parlait toujours de WestZone.

Kate mordit de nouveau dans son sandwich et se demanda ce qu'éprouvait Daisy Barton.

—

Écoutez, je ne supporterai pas ça plus longtemps. Mon chauffage ne marche plus depuis deux jours et personne n'est venu le réparer.

Une voix d'homme. En colère, manifestement.

Tu as vu sa dégaine avec cette robe, l'autre soir ? J'ai dit à Zena que je préférerais mourir plutôt que me montrer dans une tenue pareille.

Une voix de femme, cette fois.

Kate était fatiguée. Les bribes de conversations qu'elle entendait se mélangeaient dans sa tête. Et le ronronnement des voix la rendait encore plus somnolente. Elle n'avait pas bien dormi, ces deux dernières nuits : à présent, assise près du radiateur de la salle de classe, elle avait du mal à garder les yeux ouverts dans cette chaleur apaisante.

Je sais que c'est triste que son chien soit mort. Ça faisait dix ans qu'elle l'avait. C'était presque un membre de la famille pour elle, je suppose.

Une autre voix de femme.

– Dans les mythes grecs, ce sont les dieux qui

punissent ou récompensent la plupart des héros. Tout comme je risque de punir Kate parce qu'elle n'écoute pas le cours.

Aussitôt, Kate décolla vivement la tête de son pupitre : le professeur la regardait fixement.

– Excusez-moi, Mr. Currell, dit-elle.

– L'histoire de Cassandre t'ennuie, Kate ?

Plusieurs de ses camarades gloussaient, à présent. Kate se sentit rougir.

– Non, Mr. Currell.

– Bref, c'est Zeus, le roi des dieux, qui a donné à Cassandre le don de prophétie, poursuivit Mr. Currell. Elle voyait l'avenir, mais personne ne croyait à ses prophéties. Plus tragique encore, elle n'avait aucun moyen de changer ce qui devait se passer.

Kate, gênée, regarda Mr. Currell et s'efforça de se concentrer sur sa voix à lui.

Matt est vraiment amoureux d'elle. C'est lui qui me l'a dit.

Kate secoua la tête, essayant d'ignorer cette nouvelle voix.

Il est amoureux de Kate. Je te jure que c'est vrai. Je lui ai parlé après son match de foot, hier.

Tout d'un coup, Kate perdit l'envie de la chasser, cette voix. Matt, amoureux d'elle ? Il ne pouvait s'agir que de Matt Albert. Le meilleur footballeur du collège, mais aussi le plus beau, et de loin.

Matt est amoureux de Kate.

– Ouaouh ! fit Kate à haute voix.

– Tu as quelque chose d'intéressant à nous faire partager, Kate ? lui demanda Mr. Currell d'un air narquois. Un élément de l'histoire de Cassandre a finalement attiré ton attention ?

– Excusez-moi, Mr. Currell, répondit Kate en rougissant.

Elle baissa la tête vers le manuel ouvert sur son pupitre, autant pour dissimuler sa joie que son embarras. Alors comme ça, Matt Albert était amoureux d'elle ? Eh bien, il était peut-être temps qu'elle lui dise qu'elle ressentait la même chose. Ouaouh ! Elle allait peut-être avoir son premier petit copain !

Kate jeta un coup d'œil à l'horloge : c'était bientôt l'heure du déjeuner. Elle irait parler à Matt à ce moment-là. On le trouvait toujours au même endroit : le terrain de sport du collège, où il tapait dans le ballon avec ses copains – en général, il y avait aussi trois ou quatre filles qui le reluquaient en faisant mine de parler d'autre chose.

La fin du cours s'écoula lentement ; quand la sonnerie retentit enfin, Kate fut la première à sortir de la salle.

Elle mangea son déjeuner en hâte, impatiente de rejoindre le terrain de sport pour guetter une occasion de parler à Matt.

Quand elle se leva pour filer dehors, Susie l'imita.

– Où fonces-tu comme ça ? demanda-t-elle, intriguée.

– J'ai un truc à faire, lui dit Kate. Je te raconterai tout après. Ça ne sera pas long.

Et elle s'éloigna précipitamment, plantant là Susie et son air ébahi.

Kate se faufila dans le couloir bondé jusqu'à la porte qui donnait sur la cour de récréation. Un groupe de garçons était déjà là, en train de jouer au foot. En s'approchant, elle repéra Matt Albert parmi eux.

Matt est amoureux de Kate. Elle sentit des picotements dans son dos.

Mais ce serait bien trop embarrassant de traverser le terrain maintenant et de lui dire devant tous ses copains qu'elle était amoureuse de lui, elle aussi ! Kate décida d'attendre la fin du match et d'essayer de le prendre à part pour lui parler.

Deux des garçons qui tapaient dans le ballon avaient remarqué la présence de Kate. Elle leur sourit. Peut-être savaient-ils déjà que leur copain était amoureux d'elle.

Matt est amoureux de qui, tu dis ?

Kate grimaça : la voix de ce garçon avait résonné tellement fort dans son oreille ! Il y eut un craquement ; on aurait dit qu'il y avait de la friture sur la ligne.

Kate. Mais je pense qu'elle ne le sait pas encore.

Kate reconnut cette voix murmurée : c'était la même qu'elle avait entendue en classe. Elle sourit.

Mais Kate a un an de plus que nous. Je suppose que ce qui lui plaît chez elle, c'est qu'elle est tellement sportive. Et c'est vrai qu'elle est canon dans sa tenue de basket !

Pendant une seconde, Kate resta perplexe. Puis elle se souvint de Kate Kirby, cette grande blonde sportive et mince qui jouait au basket-ball et qui avait un an de plus qu'eux.

Était-ce de Kate *Kirby* que Matt était amoureux ? Pas d'elle ? Kate avait tellement honte qu'elle eut un frisson glacé suivi d'une bouffée de chaleur.

– Tu veux jouer, Kate ? proposa un des garçons en envoyant la balle dans sa direction.

Matt Albert passa devant elle en courant après la balle. Il ne la regarda même pas.

Kate sentit son visage virer au cramoisi.

– Je cherchais Susie, j'ai cru la voir venir par ici, mentit-elle.

Elle fit demi-tour et repartit vers la cour.

– Si tu veux jouer, reviens et dis-le-nous, tout simplement, lança un autre garçon.

Elle entendit des éclats de rire dans son dos. Mais ces rires n'étaient rien à côté de l'embarras qu'elle aurait éprouvé si elle avait dit à Matt ce qu'elle avait prévu de lui dire. Elle l'avait échappé belle ! Kate eut presque envie de vomir en songeant qu'elle avait été à deux doigts de se ridiculiser totalement.

Les voix avaient leur utilité, mais, manifestement, elles pouvaient aussi lui attirer des ennuis si elle n'y prenait pas garde !

—

– Avec ce vacarme, il y a de quoi devenir fou ! s'exclama Susie, le lendemain.

Kate et son amie approchaient du collège. Un camion était garé sur la route, devant l'immeuble voisin. Une ouverture avait été creusée dans le bitume ; le fracas d'un marteau piqueur emplissait l'air, leur vrillant les tympans.

Kate ne répondit pas. Le bruit assourdissant des travaux, qui effaçait tout le reste, lui épargnait pour un temps l'intrusion de voix dans sa tête. Elle vit deux hommes décharger un gros objet en métal noir de l'arrière du camion.

Et comprit, horrifiée, qu'il s'agissait d'un poteau de téléphonie mobile, identique à celui qui surmontait le clocher de l'église.

– Ils posent ça au-dessus des appartements ? hoqueta-t-elle, affolée.

– Oui, tu n'en as pas entendu parler aux infos locales ? Ils en installent partout dans la ville. Certains habitants sont très en colère.

Kate grimaça. Toutes les bribes de conversations téléphoniques qui lui passaient dans la tête depuis son réveil, ce matin, lui donnaient la migraine.

Ces derniers jours, il y en avait eu de plus en plus. Cela n'avait rien d'étonnant, si on installait des poteaux téléphoniques dans toute la ville ! Et maintenant, il y en aurait un près de son collège, en plus. Ce serait insupportable !

– Ça va, Kate ? demanda Susie.

Kate haussa négligemment les épaules, les yeux fixés sur le toit de l'immeuble.

– J'ai une affreuse migraine, c'est tout...

Sous leurs yeux, le poteau fut dressé : une flèche noire pointée vers les nuages.

—

Pendant le cours d'histoire, ce matin-là, le bruissement des voix qui entraient dans la tête de Kate s'amplifia brusquement et devint un véritable rugissement qui se jetait sur elle de toutes les directions. La nouvelle antenne avait dû être mise en service. Kate avait l'impression que son cerveau était un rond-point au milieu d'un carrefour encombré : des mots y débouchaient de partout en même temps. Elle posa une main sur sa nuque.

– Tu devrais aller voir l'infirmière scolaire si tu ne te sens pas mieux, chuchota Susie.

Kate essaya de hocher la tête, mais la douleur était trop intense. Elle craignait de s'évanouir ou, tout simplement, de devenir folle à l'instant même.

– Il faut que tu ailles à l'infirmerie, insista Susie.

– Tu as raison, l'approuva Kate.

Elle n'avait pas vraiment envie d'aller consulter Mrs. Williams. L'infirmière du collège, avec son visage peu amène, ne se montrait jamais compatissante. Mais Kate devait faire *quelque chose* !

Elle leva la main pour demander la permission de sortir à leur professeur.

—

Lentement, en s'efforçant de remuer la tête le moins possible, Kate s'approcha du bureau de Mrs. Williams. Elle frappa à la porte, puis entra.

Depuis la petite salle d'attente, Kate voyait l'infirmière à sa table dans le bureau, juste derrière. Elle était au téléphone. Elle fit signe à la nouvelle arrivante de s'asseoir.

Kate s'affala sur une chaise et se prit la tête dans les mains. La douleur augmentait.

– Attends une minute, dit Mrs. Williams. J'ai

quelqu'un dans la salle d'attente. Je vais juste voir de quoi il s'agit.

Elle posa le téléphone sur la table et se dirigea vers Kate, qu'elle toisa d'un air soupçonneux.

– Oui ?

– J'ai affreusement mal à la tête, lui expliqua la jeune fille. Je me demandais si vous pourriez me donner quelque chose pour me soulager.

L'infirmière l'observa, puis acquiesça.

– Attends ici.

Elle retourna dans son bureau.

Kate la vit reprendre le téléphone.

– Encore une migraine, dit l'infirmière dans le combiné. Mal au dos, mal au ventre, mal à la tête… Certains utilisent n'importe quel prétexte pour rater les cours.

Kate eut envie de rétorquer que sa douleur n'était *pas* un prétexte. Elle aurait donné n'importe quoi pour que ça s'arrête. De même qu'elle aurait donné n'importe quoi pour faire taire les voix incessantes dans sa tête.

– Toujours à se plaindre, poursuivit Mrs. Williams à l'attention de son interlocuteur invisible. J'en ai assez. Ils sont tous pareils. Prêts à tout pour échapper à une ou deux heures de cours.

Elle raccrocha et revint avec deux comprimés blancs et un verre d'eau.

– Prends ça, dit-elle sèchement. Et ensuite, tu peux retourner directement en classe.

– Mais je crois que c'est une migraine, répondit Kate en prenant les comprimés. J'ai un peu mal au cœur, et j'ai la tête qui tourne.

L'infirmière leva les yeux au ciel.

– Alors tu veux rentrer chez toi, c'est ça ?

– Oui, s'il vous plaît, dit Kate d'une voix faible. Je crois que je ne pourrai pas tenir comme ça jusqu'à la fin de l'après-midi.

Avec un soupir, Mrs. Williams téléphona à Mr. Oppenshaw.

Il arriva dans la demi-heure.

Kate, soulagée, monta dans sa voiture et s'affala sur le siège passager.

– Tu as affreusement mauvaise mine, lui dit son père, inquiet, en tendant la main pour lui tâter le front. Bon, je te ramène à la maison. C'est une chance que je sois dans l'équipe du soir à l'usine, aujourd'hui, sinon je n'aurais pas été là quand l'infirmière a téléphoné.

– J'ai juste besoin de m'allonger pour essayer de me débarrasser de cette migraine, papa.

– J'espère que tu pourras dormir avec tout ce bruit…

– Quel bruit ?

– Devant la maison. National Telecom est en train d'installer une antenne de téléphonie mobile dans la rue, juste en face de chez nous.

Kate faillit éclater en sanglots. « Encore une antenne ? Oh non ! » se lamenta-t-elle intérieurement.

Quand Mr. Oppenshaw obliqua dans leur rue, elle vit la camionnette de National Telecom garée en face de chez eux, et les hommes occupés à ériger l'antenne.

Elle manqua tomber de la voiture. Son père la rejoignit précipitamment du côté passager pour l'aider.

– Rentrons vite, lui dit-il d'un ton apaisant.

Kate voyait trouble ; elle crut que ses jambes allaient s'effondrer sous elle. Soutenue par son père, elle entra dans la maison. Les bruits du dehors s'estompèrent, mais pas les voix tonitruantes dans sa tête.

Son père l'accompagna dans le salon. Elle s'effondra dans le canapé.

Il s'agenouilla auprès d'elle et lui caressa le front.

– Naturellement, il a fallu que tu sois malade aujourd'hui, dit-il avec un sourire, en écartant délicatement ses cheveux de son visage. Je voulais t'annoncer la bonne nouvelle quand tu reviendrais du collège.

– Quelle bonne nouvelle ? demanda Kate, étourdie.

– J'ai parlé au médecin de l'hôpital, tout à l'heure. Il m'a dit que ta mère pourra sortir dans deux jours. On ne sait pas ce qu'elle avait, mais elle est presque entièrement guérie, maintenant. Il lui faudra encore du temps pour retrouver son état normal, mais elle progresse de jour en jour.

Kate afficha un faible sourire.

– Dès que maman commence à aller mieux, je commence à aller mal… plaisanta-t-elle.

– Je l'ai eue au téléphone, continua son père. Elle avait une bonne voix, c'était formidable de l'entendre parler comme avant, ou presque. Elle a quelque chose à te dire.

Il se leva.

– Je vais nous préparer une tasse de thé, d'accord ? Reste allongée là et tâche de te reposer. On ira voir ta mère ce soir, avant que j'aille travailler.

Soudain, Kate eut le sentiment qu'elle ne pouvait pas attendre une seconde de plus avant de revoir sa mère.

– Non, papa, je veux la voir maintenant, dit-elle en se redressant.

Sa douleur à la tête la fit grimacer.

– Mais tu n'es pas assez en forme, Kate, répliqua son père, l'air préoccupé.

– Je veux la voir, papa. S'il te plaît… supplia-t-elle. Elle me manque trop quand je suis si mal en point.

Elle hésita.

– Papa, ça fait un moment que je ne me sens pas bien, avoua-t-elle. Mais je ne voulais pas inquiéter maman, vu qu'elle était malade elle-même. Maintenant, par contre… je voudrais juste lui en parler…

Son père la regarda, puis lui tâta doucement le front.

– Je comprends, Kate ; c'était gentil de ta part de ménager ta mère.

– Alors on peut aller la voir maintenant ?

– Bon, viens, dit-il avec un sourire. Je vais chercher mon manteau.

—

La mère de Kate était assise dans son lit. Elle n'avait plus de pansement sur la gorge, et elle était coiffée et maquillée. Elle avait retrouvé son allure normale. Saine et rayonnante.

– Bonjour, chérie, dit-elle à Kate d'une voix claire, quoique un peu enrouée.

Kate se précipita vers elle et la serra dans ses bras.

– Je ne t'attendais pas si tôt, dit sa mère. Tu devrais être au collège.

– J'ai dû rentrer à la maison. J'avais une migraine épouvantable. Ça fait plusieurs jours que ça dure. Des maux de tête et…

La mère de Kate posa une main sur la sienne et l'interrompit :

– Je parie que tu ne bois pas assez, chérie.

Elle regarda son mari.

– Tu veux bien aller nous chercher des boissons à la machine, Harry ?

– Bien sûr, dit-il avec un sourire. Je ne serai pas long.

Quand il fut parti, la mère de Kate se tourna vers sa fille et la regarda avec intensité.

– Et que t'est-il arrivé d'autre, Kate ? demanda-t-elle doucement.

– Des conversations téléphoniques. Qui déboulent dans ma tête. J'entends des gens parler, maman... Sur leurs téléphones portables. Tout le temps. Et parfois, ce que j'entends ne s'est pas encore produit. C'est comme si j'entendais ce qui va se passer *avant* que ça se passe vraiment. Comme si j'entendais l'avenir. Mais je sais que c'est absurde. Qu'est-ce qui m'arrive, maman ? Est-ce que je deviens folle ?

– Non, Kate, pas du tout…

Sa mère baissa les yeux et lui pressa la main.

– Kate… reprit-elle, hésitante, je savais que ce moment viendrait pour toi et, maintenant que c'est là, tu as besoin de comprendre ce qui t'arrive.

Kate lui jeta un regard méfiant.

– Tu as un don, Kate, lui révéla Mrs. Oppenshaw. Nous, en tout cas, on appelle ça un don. Certains pourraient estimer que c'est une malédiction, mais ça peut servir à faire le bien, alors nous l'avons toujours considéré comme une bonne chose.

– Je ne comprends pas, maman, dit Kate.

Elle avait un peu peur, maintenant.

Sa mère soupira.

– Ça a commencé avec ton arrière-arrière-grand-mère, Elizabeth, expliqua-t-elle. Elizabeth fêtait son douzième anniversaire. La maison de ses parents était juste à côté d'un poteau télégraphique. Une tempête terrible faisait rage, mais Elizabeth a insisté pour essayer son nouveau parapluie. Elle est sortie dans le jardin, et un accident impossible s'est produit. La foudre est tombée sur le poteau et a rebondi sur Elizabeth.

La mère de Kate s'interrompit un instant, comme pour s'assurer que sa fille digérait bien toutes ces informations.

– Au début, tout le monde a cru qu'Elizabeth était morte, enchaîna-t-elle. Mais, Dieu sait comment, elle avait survécu. Et elle avait également reçu ce don.

– C'est quoi ce don, maman ? demanda Kate avec impatience.

– Quand elle était petite, Elizabeth a reçu la faculté de capter des conversations téléphoniques… comme toi maintenant. Et quand sa fille a eu douze ans, elle en a hérité à son tour. Le don se transmet de génération en génération depuis lors ; toujours de mère en fille, quand la fille atteint l'âge de douze ans. Depuis ta naissance, je savais que tu devrais en hériter un jour.

Elle soupira.

– Mais quand tu as eu douze ans, il y a trois mois, le monde s'était tellement rempli de téléphones que les voix étaient devenues presque insupportables. J'ai décidé de ne pas t'infliger ce don. J'ai résisté et résisté à la pression…

Ses yeux s'emplirent de larmes.

– Kate, je crois que si je n'avais pas cédé, si je ne t'avais pas transmis ce don au moment où je l'ai fait, je serais morte…

Kate écarquilla les yeux.

– C'est *ça* qui t'a rendue malade ? demanda-t-elle, incrédule.

Sa mère acquiesça.

– Mais je ne pouvais le dire à personne. Elizabeth

s'est confiée à deux personnes, et les deux sont mortes.

Kate secoua la tête. Elle avait du mal à digérer toutes ces révélations.

– Alors c'est pour ça que tu as commencé à guérir ? Parce que tu m'as transmis le don ?

Sa mère, une fois de plus, fit signe que oui.

– Quand je t'ai embrassée sur l'oreille.

Elle essuya une larme qui avait coulé sur sa joue.

– Tu te rappelles ? Juste avant de te demander d'acheter des fleurs pour la tombe de mamie.

Kate hocha la tête, puis serra sa mère dans ses bras.

– C'est pas ta faute, maman.

Sa mère lui adressa un sourire humide.

– Merci, chérie. J'avais peur que tu me détestes...

Elle se moucha.

– Tu dois apprendre à le contrôler. Tu dois maîtriser le don, pas le laisser dominer ton esprit. Je peux t'aider. Mamie savait à quel point ça peut être dangereux si c'est utilisé à mauvais escient. Elle m'en a avertie, comme je t'en avertis maintenant. Elle en avait peur, vers la fin. Elle entendait parler de sa propre mort...

– Qu'est-ce que tu veux dire ? demanda Kate, effarée.

Sa mère lui pressa la main.

– Elle a entendu le médecin appeler l'hôpital depuis son portable. Elle savait ce qui allait se passer, mais ne pouvait pas l'empêcher d'arriver… C'est à cause de ce don que ta grand-mère et moi avons déménagé si souvent. Nous étions obligées.

– Mais pourquoi ? questionna Kate.

– Les gens ont toujours peur de ce qu'ils ne comprennent pas, chérie, expliqua tristement sa mère. Parfois, ta mamie a essayé de prévenir quelqu'un d'une chose qui allait se produire… mais ça les effrayait. Un jour, on a même traité ta mamie de sorcière, et on nous a menacées de brûler notre maison si nous ne partions pas.

– Tiens ! Quand j'ai entendu des voix pour la première fois, j'étais dans un cimetière où on a enterré des femmes persécutées parce qu'on les prenait pour des sorcières, elles aussi, renchérit Kate en se rappelant les tombes éraflées dont le révérend Dodds lui avait parlé.

– Comme je te le disais, Kate, les gens ont peur

des choses qu'ils ne comprennent pas. Je veux que toi, tu comprennes. Je veux que tu me laisses t'aider à vivre avec ce don... et à l'utiliser pour aider les autres, même si nous devons éviter de leur confier notre secret, par prudence.

Assise sur le rebord du lit de sa mère, Kate resta figée, les yeux baissés. Il y avait toujours un tourbillon de voix dans sa tête.

– Est-ce que je suis une sorcière ? demanda-t-elle tout bas.

Sa mère l'attira contre elle et la serra dans ses bras.

– Non. Tu n'es pas une sorcière, dit-elle en souriant. Tu n'es pas anormale et tu n'es pas un monstre. Tu es juste... spéciale.

– Et si je ne veux pas l'être ? s'énerva Kate.

Des larmes lui piquaient les yeux.

– Ne te fâche pas, chérie, la supplia sa mère. Ça n'arrangera rien.

– Voilà du thé pour tout le monde ! lança Mr. Oppenshaw en arrivant avec trois gobelets en plastique sur un plateau.

– Je veux rentrer, dit Kate. Ramène-moi à la maison, s'il te plaît, papa.

Son père eut l'air surpris. Il regarda Kate, puis sa mère.

– Je croyais qu'on allait boire un coup…

– J'aimerais partir maintenant, s'il te plaît, insista Kate.

Elle jeta un coup d'œil furieux à sa mère.

– Sauf si maman a autre chose à me dire.

Ensuite, elle tourna les talons et s'éloigna.

– On en reparlera quand je rentrerai à la maison, Kate ! lança sa mère. Tout ira bien.

Kate aurait aimé le croire.

—

Il était plus de minuit. Ça, c'était sûr. Mais Kate ignorait l'heure exacte. Elle ne prit pas la peine de consulter sa montre. Tout ce qu'elle savait, c'est qu'elle n'arrivait pas à dormir. Les voix résonnaient toujours dans sa tête, mais aussi les révélations de sa mère, cet après-midi : à présent, Kate savait pourquoi elle entendait ces voix – et, à sa connaissance, elle les entendrait toute sa vie.

Elle se retourna, espérant s'endormir, mais ce fut inutile. Les paroles de sa mère et les autres conversations qui retentissaient dans sa tête se mélangeaient, formant une masse confuse.

Soudain, une conversation lui parvint avec une telle clarté qu'elle eut l'impression qu'on lui parlait directement à l'oreille.

T'as intérêt à avoir raison, sur ce coup-là. Je refuse de me faire prendre une fois de plus. Dix mois en prison, ça m'a suffi. Si quelqu'un se met en travers de mon chemin, cette fois-ci, il va le regretter.

C'était une voix grave, menaçante. À peine plus élaborée qu'un grognement. Kate frissonna.

Une petite voix nerveuse répondit.

Tout ira bien. Fais-moi confiance. Les propriétaires sont absents pour le week-end, toute la famille. Il n'y a pas d'alarme antivol. On va pouvoir entrer très facilement. Il conserve sa collection de pièces d'or dans un placard de la salle à manger. Ce sera du gâteau.

Kate se redressa. Le père de Susie possédait une collection de pièces d'or ! Et son amie partait en week-end avec sa famille. Non, non, c'était sûrement une simple coïncidence.

La grosse voix agressive reprit.

N'oublie pas que ce coup est trop juteux pour foirer, c'est tout. S'il y a quelqu'un dans la maison quand on entre, on le liquide, gentiment et proprement. Redonne-moi l'adresse.

Acacia Avenue, au numéro 22…

Un sifflement assourdissant retentit dans l'oreille de Kate. Elle grimaça.

Son cœur battait la chamade. C'était la maison de Susie ! Elle allait être cambriolée !

Kate attendit, espérant capter d'autres bribes de la conversation, mais rien ne vint. Elle entendit seulement deux personnes parler d'un film qu'elles venaient de regarder. Elle soupira, frustrée.

Que devait-elle faire, à présent ? Toute seule dans le noir, Kate comprit qu'elle pourrait peut-être empêcher un cambriolage. Était-ce là ce que sa mère avait voulu dire en déclarant que ce don pouvait servir à faire le bien ?

Elle devait appeler la police. Elle devait les avertir. Ils attendraient les criminels, les prendraient sur le fait.

Contente de son idée, Kate hocha la tête. Elle parvint même à sourire.

Elle alluma sa lampe de chevet et tâtonna à la recherche d'une feuille et d'un crayon, pour noter tout ce qu'elle avait mémorisé de la conversation.

Elle allait téléphoner à la police et leur dire ce qu'elle savait. Leur dire qu'elle avait entendu parler d'un cambriolage en préparation. Elle n'aurait même pas besoin de leur donner son nom. C'était la première fois depuis très longtemps, lui semblait-il, qu'elle se sentait maîtresse d'une situation.

Elle se faufila au rez-de-chaussée et composa le numéro du commissariat le plus proche.

– Commissariat de police, bonjour, dit une voix. Je peux vous aider ?

– Je voudrais signaler un cambriolage, déclara Kate.

– Où ça ?

– Au numéro 22 de l'Acacia Avenue.

– Et quand s'est-il produit ?

Kate déglutit avec peine.

– Eh bien, il ne s'est pas encore produit. Mais ça *va* être cambriolé.

– Vraiment ? Quand ? demanda le policier.

– Eh bien… ça, je ne sais pas. Mais je viens d'entendre deux hommes en parler.

– Et où les avez-vous entendus en parler ?

– J'étais dans ma chambre... commença Kate.

Il y eut un silence.

– Dans votre chambre ? Les individus étaient dans votre chambre ?

– Non ! répondit Kate avec impatience. J'ai entendu leur conversation téléphonique… dans ma tête.

Il y eut un bruit étrange au bout du fil : quelque chose entre une quinte de toux et un grognement.

– Dans votre tête ? répéta lentement le policier. Et d'où viennent ces individus qui vont cambrioler la maison du 22, Acacia Avenue ? De Mars ? Saturne ? Jupiter ?

– Je les ai entendus, je vous le jure ! insista Kate. Ils vont voler une collection de pièces d'or !

Le policier soupira.

– Ils vont cambrioler cette maison, c'est ça ? Vous les avez entendus le dire dans votre tête. Simplement, vous ne savez pas quand ils vont le faire…

– Non, je suis désolée, je ne sais pas. Ça pourrait être n'importe quand, admit Kate. Et ils ont dit que si quelqu'un se mettait en travers de leur chemin, ils le tueraient !

– Comment vous appelez-vous, mademoiselle ? demanda le policier, d'une voix plus sérieuse à présent.

Kate hésita.

– Je ne veux pas vous donner mon nom. Mais il faut me croire.

– Vous ne voulez pas me donner votre nom parce que vous savez que vous risquez des ennuis pour cette farce téléphonique, répliqua le policier. Maintenant, comment vous appelez-vous ?

– Ça va se produire, je vous le jure, répéta Kate. Il faut me croire !

– Eh bien, quand ça aura eu lieu, venez m'en informer. D'ici là… arrêtez de faire perdre son temps à la police.

Kate, frustrée, raccrocha brutalement le téléphone.

Elle envisagea d'appeler Susie sur son portable pour lui raconter la conversation qu'elle avait captée, mais se ravisa. Susie ne risquait pas plus de croire à cette histoire que le policier, et Kate ne pourrait pas lui en vouloir.

Elle remonta précipitamment dans sa chambre et s'habilla, puis chercha son appareil photo. Après avoir vérifié qu'il y avait une pellicule à l'intérieur, elle le fourra dans la poche de son blouson.

Si elle arrivait à photographier les cambrioleurs, elle aurait au moins des clichés à montrer à la police. Cette fois, ils seraient obligés de la croire.

Elle redescendit au rez-de-chaussée, puis sortit dans la nuit glacée et partit dans la direction de chez Susie.

—

Kate mit moins de vingt minutes à arriver dans la rue de Susie. Une haie très haute formait une barrière naturelle autour de la maison, la protégeant contre les regards indiscrets.

La famille de Susie habitait une maison imposante, avec un grand jardin et une allée qui s'étirait sur une cinquantaine de mètres entre la rue et le garage biplace, sur le côté.

Il y avait plusieurs arbres devant la maison. Ce serait peut-être le meilleur poste d'observation possible.

Kate grimpa dans les branches basses d'un arbre proche de la porte d'entrée, puis sortit l'appareil photo de sa poche et regarda dans le viseur. Elle avait une bonne vue de l'allée, de la porte et des fenêtres de devant.

À présent, il ne lui restait plus qu'à attendre.

Dans sa tête, les voix continuaient à jacasser sans interruption.

– Vous ne pourriez pas vous taire ? marmonna Kate en se frappant le front d'une main.

Soudain, elle reconnut deux voix désagréablement familières.

Tu as trouvé la fille ?

C'était le cambrioleur à la voix grave, rocailleuse.

Oui. Je l'ai.

L'autre semblait plus tendu et nerveux que jamais.

Bien. Maintenant, liquide-la – gentiment et proprement.

Kate chancela sous le choc. Son cœur lui martelait les côtes frénétiquement. Parlaient-ils de Susie ? Susie et sa famille allaient-ils rentrer plus tôt que prévu ? Son amie allait-elle déranger les voleurs ? Il fallait à tout prix éviter ça ! Mais Kate savait qu'il était inutile de rappeler la police. S'ils ne l'avaient pas crue la première fois, ils ne la croiraient pas davantage maintenant.

Fais ce que je te dis.

Ensuite, il se passa quelque chose d'incroyable. Comme si on avait pressé un interrupteur dans le cerveau de Kate. Clic ! Pour la première fois depuis qu'elle s'était mise à entendre les voix, au cimetière, ce fut le silence complet, absolu, dans sa tête. Une paix merveilleuse, totale. Comme avant.

Elle attendit un moment, pensant que les voix allaient revenir, mais non.

Pendant quelques instants, elle oublia tout, sauf le délicieux silence dans sa tête. Peut-être qu'elle commençait enfin à maîtriser son pouvoir, comme l'avait dit sa mère.

L'air s'était refroidi, et le souffle de Kate produisait un nuage de buée chaque fois qu'elle expirait. Elle tremblait, malgré son gros manteau et son pull épais.

Elle s'apprêtait à jeter un coup d'œil à sa montre, quand elle entendit des pas dans l'allée.

C'étaient deux hommes, qui s'approchaient de la maison en restant dans l'ombre.

Kate vit que l'un des deux avait à la main un objet qui semblait lourd. Une barre de fer, peut-être.

Elle plongea la main dans sa poche et ressortit l'appareil photo. Elle se tint prête.

Les hommes gagnèrent directement une porte latérale. En quelques secondes, ils s'introduisirent à l'intérieur.

Kate glissa de son perchoir, atterrit par terre et courut se cacher derrière des buissons près de la porte qu'ils avaient forcée. De là, elle aurait une vue bien nette des voleurs quand ils sortiraient avec leur butin.

Elle attendit.

Et attendit.

Elle avait l'impression que plusieurs heures s'étaient écoulées, et elle ne voyait toujours personne émerger de la maison. Son cœur se mit à battre plus vite. Et s'ils étaient ressortis par une autre porte ? Les avait-elle ratés ? Dans ce cas, elle n'aurait aucune preuve du cambriolage à montrer à la police !

Elle décida d'entrer.

Juste derrière la porte, il y avait une trappe ouverte. Kate regarda les marches de pierre raides qui menaient à la cave.

Ce n'était peut-être pas une très bonne idée de descendre là-dedans... Mais elle surmonta sa peur et descendit lentement, pas à pas, discrètement.

Après tout, si sa meilleure amie était en danger, elle était peut-être la seule à pouvoir la sauver. Dieu merci, les voix se taisaient toujours, dans sa tête. Elle pouvait donc guetter plus facilement le moindre mouvement.

Même si elle avait conscience du danger de sa situation, Kate ne put s'empêcher de prendre un instant pour contempler, impressionnée, le contenu de la cave du père de Susie. C'était une pièce gigantesque qui s'étirait sur toute la longueur de la maison, disparaissant dans l'ombre dans toutes les directions. Il y avait des cartons partout. Certains étaient ouverts. Mais aucune trace des voleurs. Kate remonta l'escalier et ressortit dans la nuit glacée. « Ils ont dû partir par la porte de devant », pensa-t-elle.

À cet instant, elle les repéra : ils s'éloignaient dans l'allée.

Kate plongea derrière des buissons et leva son appareil, prête à prendre des photos... mais elle perdit l'équilibre et lâcha le boîtier.

Il tomba par terre avec un fracas du tonnerre.

Les hommes se retournèrent et la virent.

– Attrape-la ! rugit le voleur à la voix rocailleuse.

Kate n'avait pas le choix. Son seul espoir était de retourner dans la cave. Si elle trouvait un endroit où se cacher, là-dedans, elle pourrait peut-être leur échapper.

Elle se précipita dans le premier carton ouvert, ferma le couvercle et resta immobile, le cœur battant, au milieu de copeaux de bois et de morceaux de polystyrène.

Un bruit de pas retentit dans l'escalier de la cave.

Les pas se rapprochaient… Enfin, ils s'arrêtèrent juste à côté de sa cachette. Kate entendit l'homme composer un numéro et parler à voix basse dans le combiné.

Elle distinguait faiblement la voix qui sortait du téléphone.

– Ça y est, tu l'as trouvée ? questionna la voix.

– Non, répondit l'homme en s'appuyant légèrement contre le carton dans lequel Kate était réfugiée.

Terrorisée, elle ferma les yeux de toutes ses

forces, et serra ses genoux contre elle.

– Il y a quelqu'un là-haut ? demanda l'homme à son interlocuteur.

– Pas un chat, répondit la voix. Prends ton temps, mais il faut absolument la trouver.

À cet instant, Kate s'aperçut avec horreur que les copeaux de bois qui avaient servi d'emballage, dans le carton, lui chatouillaient le nez.

Elle allait éternuer.

Elle se pinça les narines, cherchant désespérément à éviter d'éternuer, de se trahir. Elle inspira et retint son souffle, jusqu'à ce que sa tête soit prête à exploser. Avec un énorme soulagement, elle constata que l'envie d'éternuer lui était passée. Les pas s'éloignèrent un peu.

Mais ils revinrent.

Et on ouvrit le couvercle du carton.

Kate entendit la voix métallique et lointaine qui sortait du téléphone portable de l'homme.

– Tu as trouvé la fille ?

Un visage obscur apparut, les yeux fixés sur Kate. L'écran vert du portable éclairait une joue rugueuse et mal rasée.

– Oui. Je l'ai, dit l'homme.

– Bien. Maintenant, liquide-la – gentiment et proprement, fit la voix.

L'autre hésita.

– Fais ce que je te dis.

Ensuite, comme la première fois qu'elle avait entendu cette conversation, les voix s'éteignirent.

Ce fut le silence.

DES BASKETS DE RÊVE

JUSTIN VAFADARI reprit habilement le contrôle du ballon, d'un seul mouvement du pied droit.

– Un superbe amorti de Vafadari, qui récupère le ballon ! lança-t-il, en imitant à la perfection un commentateur sportif. Une feinte à gauche, et hop...

Justin déplaça le ballon sans effort avec l'extérieur du pied, évitant l'attaque soudaine d'un de ses copains.

– Il s'est démarqué du défenseur maladroit ! hurla Justin d'une voix triomphale, tandis que son copain s'étalait derrière lui. Il n'a plus que le gardien de but en face de lui, maintenant. Ira-t-il à gauche ou à droite ? Le gardien ne sait pas quoi faire.

Justin se prépara à shooter de toutes ses forces, puis se pencha légèrement en arrière et glissa le bout du pied sous le ballon. Il exécuta un tir en cloche parfait, au centimètre près. Le ballon passa au-dessus du gardien aplati (il s'était jeté par terre, s'attendant à un tir ras-de-terre) et entra dans le coin du filet. Justin, ravi, donna un coup de poing en l'air.

– 6 à 0 ! hurla-t-il, radieux. Et la foule s'est levée pour acclamer cet incroyable nouveau champion. Oubliés, Michael Owen, Wayne Rooney, Steven Gerrard et Thierry Henry ! La foule scande le nom de Justin Vafadari après son deuxième lob, sa spécialité.

Il jeta un coup d'œil à son meilleur ami, Mark Wells, et sourit.

– Ça fait bien six buts, hein ?

– Tu devrais le savoir, c'est toi qui les as tous marqués ! répliqua Mark en riant.

Justin et ses copains fêtaient toujours la fin de la semaine de cours avec un match dans le parc. Une fois de plus, Justin contrôla la balle sans effort, se dégagea d'une attaque malhabile de son ami Paul et fit une superbe passe à Mark. Le gardien de but n'avait pas une chance. La balle vola derrière lui comme une fusée. Enchantés, Justin et Mark repartirent en faisant la roue. Justin n'avait jamais joué aussi bien de sa vie. Chacune de ses actions était brillante, chaque passe mesurée à la perfection. Chaque tir était d'une puissance incroyable ou d'une précision extraordinaire. Il semblait même avoir gagné en rapidité.

– Je crois que c'est grâce à tes nouvelles baskets que tu joues mieux, déclara Mark en lui donnant une claque dans le dos. J'aimerais bien avoir les mêmes !

Justin sourit et regarda ses pieds. Non seulement ses nouvelles baskets étaient superbes, mais en plus elles lui allaient à la perfection. Le rêve !

Le soir tombait quand Justin et Mark dirent au revoir aux autres et repartirent chez eux.

– Douze buts en un seul match, commenta Mark avec un sourire. Un record !

Justin allait répondre, quand le gémissement soudain d'une sirène attira leur attention.

Un camion de pompiers passa en trombe, comme un énorme boulet rouge, avec son gyrophare bleu qui clignotait. Un autre le suivit quelques secondes plus tard. Les deux camions foncèrent dans la rue principale et tournèrent au coin à toute allure.

– Ça doit être un incendie drôlement important, murmura Justin en regardant les camions s'éloigner très vite dans la rue encombrée.

– On dirait qu'ils se dirigent vers le centre commercial, ajouta Mark, les yeux écarquillés.

– Bah, ça ne nous concerne pas… dit Justin.

—

En arrivant devant chez lui, Justin examina le jardin et sourit. Manifestement, sa mère y avait travaillé toute la journée. Derrière la petite haie de troènes parfaitement taillée, une allée pavée bordée de fleurs traversait la pelouse en ondulant jusqu'à la porte d'entrée. Les parterres de fleurs étaient tous débarrassés de leurs mauvaises herbes, à présent, et remplis de nouvelles plantations. L'ensemble composait un assortiment de couleurs éclatantes, même dans la pénombre.

Justin s'engagea dans l'allée en secouant la tête. Et dire qu'il aurait pu profiter de cette superbe pelouse pour jouer au foot… C'était du gâchis d'y mettre des fleurs et des plantes vertes ! En toute honnêteté, Justin devait admettre qu'il aimait habiter une maison avec un joli jardin coloré. Mais il ne l'aurait jamais avoué à ses copains. Il voyait d'ici leur réaction : « Justin aime les fleurs ! Quelle femmelette ! » En souriant, il secoua de nouveau la tête. Non, il aurait trop honte de le leur dire.

D'après ses souvenirs, sa mère avait toujours été très fière de ses parterres de fleurs, qui distinguaient leur maison de celles des voisins. Et depuis des années, Justin avait un passe-temps secret qui rendrait sa mère furieuse si jamais elle l'apprenait.

Il sautait les parterres de fleurs.

Il faisait ça pour s'amuser. Il avait commencé par les plus courts et, petit à petit, il avait pu sauter les plus longs, à mesure qu'il grandissait. Mais il n'arrivait toujours pas à sauter le plus grand, juste devant la fenêtre du salon.

À plusieurs reprises, Justin avait *presque* réussi, mais il avait beau se ménager plus d'élan, et changer l'endroit où il prenait appui pour sauter, le résultat était toujours le même. Son pied atterrissait dans les fleurs, au bout du parterre, en écrasant les bordures que sa mère passait tant de temps à soigner.

Il jeta un coup d'œil vers la maison, puis passa

sur la pelouse pour rejoindre l'un des plus grands parterres. Il contempla un moment les belles fleurs aux couleurs vives et bien disposées.

Juste un dernier saut...

Il se prépara, puis hésita.

Non, il ne pouvait pas. Une erreur de jugement et il détruirait toutes les fleurs qui venaient d'être plantées. Sa mère serait furieuse. En plus, s'il retombait dans la terre humide, il salirait ses nouvelles baskets et ça, c'était hors de question. Non. Le prochain saut devrait attendre un autre jour.

– Justin !

Il se retourna d'un bond.

Sa mère était à la fenêtre du salon.

– Viens vite.

Il courut dans la maison, ôta ses nouvelles baskets avec les pieds et les abandonna dans l'entrée, puis gagna le salon.

Sa mère était devant la télévision, les yeux écarquillés.

– Qu'est-ce qu'il y a, maman ? demanda-t-il en s'affalant dans le fauteuil le plus proche pour regarder le dernier journal télévisé.

– Tu sais, ce magasin où tu as acheté tes nouvelles baskets ? commença sa mère.

– Où j'ai *gagné* mes nouvelles baskets, maman, la reprit Justin. Parce que j'étais le dix millième client de SportCity, tu te souviens ?

– Eh bien, tu as eu de la chance de les avoir à ce moment-là, lui dit sa mère. Regarde.

Justin s'avança au bord de son siège et écouta le commentaire du journaliste ; les caméras montraient la carcasse calcinée du grand magasin de sport de la ville.

– Cet incendie, qui a détruit pratiquement tout le bâtiment, aurait débuté aux petites heures du matin, expliqua le journaliste. La police et les pompiers arrivés sur les lieux n'en ont pas encore déterminé la cause, mais l'hypothèse d'un incendie criminel n'a pas été écartée pour le moment.

– J'espère que personne n'a été blessé, souffla la mère de Justin.

– SportCity est l'une des principales chaînes d'articles de sport du pays. Pour le moment, nous n'avons pas reçu la confirmation qu'il y aurait des blessés au magasin où l'incendie est survenu, mais deux vigiles employés là-bas n'ont toujours pas été retrouvés, termina le journaliste.

– C'est affreux, commenta Justin.

– Oui, acquiesça sa mère. Malgré tout... on ne peut rien faire. La police et les pompiers s'en occupent.

– Le dîner est prêt ? demanda Justin en se frottant le ventre, affamé.

Sa mère hocha la tête.

– Je t'apporte une assiette, dit-elle avec un dernier coup d'œil au poste. Tu ne vas pas chez Mark, ce soir ?

– Non. Je serai dans ma chambre. Je vais écouter de la musique et jouer sur mon ordinateur, répondit Justin. Mark m'a prêté un nouveau jeu vidéo.

– Veinard ! dit sa mère en lui tendant une grande assiette de pizza et de salade. Avant d'aller te coucher, pense à ranger tes nouvelles baskets correctement...

Il les regarda, l'air ravi. Le cuir noir semblait briller.

– Bien sûr, compte sur moi ! dit-il avec un sourire.

—

Encore somnolent dans son lit, Justin souriait de plaisir. Il venait de marquer le but décisif pour Liverpool dans la Coupe des Champions ; ces images étaient encore vives dans son esprit. Il entrerait dans l'histoire ! « Jus-tin, Jus-tin ! » scandait la foule dans son rêve.

– Justin !

Il se retourna dans son lit.

– Justin !

Il ouvrit brusquement les yeux, en comprenant qu'il ne rêvait pas. Quelqu'un l'appelait, oui, mais ce n'étaient pas cinquante mille fans de Liverpool ravis.

C'était sa mère.

– D'accord, maman ! répondit Justin en sortant de son lit. Je suis debout !

Il jeta un coup d'œil au réveil sur sa table de chevet et remarqua qu'il était près de onze heures du matin. Pas étonnant que sa mère l'appelle. Il était en retard pour le collège !

Avec des mouvements d'une vitesse remarquable pour un garçon encore à moitié endormi, Justin enfila comme il put sa chemise et son pantalon d'uniforme, et dévala l'escalier. Le souffle court, il s'arrêta en dérapage dans le salon, où sa mère l'attendait, les mains sur les hanches.

– Pourquoi tu ne m'as pas réveillé plus tôt, maman ? grogna-t-il, en se coinçant la tête dans la manche de sa chemise. Je vais sûrement avoir des heures de colle, maintenant.

– Pourquoi ça ? demanda sa mère, irritée.

– Parce que je suis en retard, dit-il, en perdant finalement l'équilibre et en tombant à la renverse dans un fauteuil.

Sa mère le fixa un moment, puis soupira.

– Justin, on est samedi.

Il allait se plaindre qu'elle l'ait réveillé si tôt, dans ce cas. Mais ensuite, son cerveau enregistra la colère dans la voix de sa mère.

Elle rejoignit à grands pas la fenêtre du salon.

– Tu as quelque chose à me dire à propos de ça ? questionna-t-elle en indiquant le jardin.

Justin s'extirpa de son fauteuil pour aller voir. Il examina le spectacle avec une stupéfaction totale. Au bord du plus grand parterre de fleurs, plusieurs plantes avaient été écrasées. Des pétales flottaient tristement dans la brise légère.

– Tu *sais* combien d'efforts je consacre au jardin, dit sa mère, les dents serrées. Tu as encore sauté par-dessus les parterres de fleurs, n'est-ce pas ? Je sais que tu fais ça, Justin. Je t'ai vu !

– Maman, je ne les ai pas touchés, protesta Justin.

Sa mère l'entraîna brutalement dehors.

– Alors c'est quoi, ça ? demanda-t-elle en indiquant des traces de semelles près d'une des plantes détruites.

Les traces avaient exactement la même forme et la même taille que les nouvelles baskets de Justin. Il était si étonné qu'il ne sut pas quoi dire.

Sa mère soupira.

– Je croyais que tu aurais l'honnêteté de me l'avouer, si tu avais abîmé mes fleurs, Justin, dit-elle, manifestement déçue. Ça ne te ressemble pas. Maintenant, tu vas me nettoyer ce bazar tout de suite.

– Mais maman…

– Pas de « mais », Justin. Tout de suite ! Monte enfiler de vieux habits. Tu as du pain sur la planche.

Justin voyait bien que sa mère était au bord des larmes. Elle n'était pas seulement en colère : elle était également blessée. C'était une combinaison fatale et il savait qu'il n'y avait aucune chance qu'elle l'écoute.

Boudeur, il monta dans sa chambre et fouilla sous son lit à la recherche de ses nouvelles baskets. Il n'avait pas détruit le parterre de fleurs de sa mère – il le savait bien. En rentrant après son match de foot, il avait dîné, nettoyé ses baskets, puis il s'était couché. Il avait même expressément décidé de ne pas sauter les parterres de fleurs !

Quand il sortit les chaussures de sous son lit, Justin lâcha un hoquet de stupeur. Il sentit les poils de sa nuque se hérisser et sa peau se couvrir de chair de poule.

Le cuir noir et les lacets argentés de ses nouvelles baskets étaient tachés de boue, et de la terre maculait la rayure blanche dentelée qui ornait les côtés. Pire encore : entre les lacets de la chaussure gauche, il y avait un pétale rouge.

« Non, ce n'est pas possible », pensa Justin. Mais sa mère ne croirait jamais que ce n'était pas lui le coupable si elle voyait l'état de ses baskets.

Justin *savait* qu'il ne les avait pas mises et qu'il n'était pas responsable des dégâts. Mais dans ce cas, qui était-ce ? Était-il possible que quelqu'un se soit introduit dans la maison pendant la nuit et lui ait emprunté ses baskets ? Imaginer quelqu'un rôder ni vu ni connu dans sa chambre l'effrayait encore plus que la colère de sa mère.

Plus Justin y réfléchissait, plus il était mal à l'aise. Quelqu'un avait dû entrer dans sa chambre pendant qu'il dormait, enfiler ses nouvelles baskets, détruire le parterre de fleurs de sa mère, puis remettre les chaussures à leur place.

Justin sentit sa gorge se serrer. Pourquoi ferait-on une chose pareille ?

– Justin !

En entendant son prénom, il sursauta.

– Je fais la lessive, lança sa mère du pied de l'escalier. Si tu as du linge à laver, sors-le maintenant, s'il te plaît.

– Attends ! éructa-t-il en sortant de sa chambre pour se précipiter dans la salle de bains, les baskets à la main.

Il ferma la porte à clé derrière lui.

– Tu m'as entendue, Justin ? insista sa mère.

Des pas retentirent dans l'escalier.

– Je t'ai dit que j'avais besoin de ton linge sale, dit-elle en arrivant sur le palier.

Justin ouvrit les robinets du lavabo.

– Ouais, je sais, maman. Je te rejoins dans une minute ! cria-t-il.

Il poussa la basket gauche sous l'eau et commença à nettoyer la boue.

– Qu'est-ce que tu fabriques là-dedans ? demanda sa mère en frappant à la porte. Ça va ?

Justin termina de nettoyer la basket gauche et s'attaqua frénétiquement à celle de droite.

– Rien, pas de problème ! hurla-t-il en essayant de libérer le trou d'évacuation des paquets de boue. J'ai juste dû foncer aux toilettes. Ça doit être cette pizza qu'on a mangée hier soir.

Il essuya vivement les baskets avec du papier toilette, puis, le souffle court, tira la chasse d'eau pour évacuer les feuilles humides. Les baskets étaient posées sur le lavabo ; le cuir brillait et les lacets étaient de nouveau propres.

– Je n'attends plus. Apporte ton linge quand tu

descendras, lança sa mère avec impatience. Je serai dans le jardin.

Justin contempla les baskets, puis retourna précipitamment dans sa chambre et les cacha sous son lit. Il prit son linge sale, descendit l'escalier et posa le tas de vêtements sur la machine à laver ; enfin il sortit dans le jardin, où sa mère l'attendait.

Elle indiqua un balai et un râteau d'un mouvement du menton.

– Je te laisse faire, dit-elle en repartant dans la maison. Et tu peux oublier la piscine tant que ce bazar ne sera pas nettoyé.

– Maman… commença Justin, mais elle referma la porte sur ses protestations.

En grommelant, Justin prit le râteau et entreprit de ratisser les bords du parterre de fleurs.

– Qu'est-ce que tu as encore fait ?

Cette voix lui fit lever la tête. Au-dessus de la haie basse qui séparait le jardin de Justin de la maison voisine, le visage maigre et revêche de Mr. Wilson, un homme d'une bonne cinquantaine d'années qui vivait seul, le regardait.

Justin soupira. C'était la dernière chose dont il avait besoin en cet instant précis.

– Tu as encore fait des bêtises, hein ? continua Mr. Wilson.

Il toisa Justin en secouant la tête.

– Je n'ai rien fait, Mr. Wilson, lui dit Justin.

– J'ai entendu ta mère, répliqua le voisin sans le lâcher des yeux. Pourquoi as-tu détruit son parterre de fleurs ?

– C'est pas moi ! nia farouchement Justin en retournant à son râteau.

– Les gosses dans ton genre ne respectent plus rien, de nos jours, poursuivit Mr. Wilson. La seule chose qui vous intéresse, c'est votre petite personne.

Justin agrippa le râteau plus fort, et tenta d'ignorer ces réflexions injustes. La chaleur du soleil matinal, qui cognait sur sa nuque, n'arrangeait en rien son humeur, et les remarques malveillantes de Mr. Wilson rendaient les choses dix fois pires. Justin sentait sa colère monter avec la température.

– Les sales gosses comme toi ont besoin d'un père pour les contrôler, déclara Mr. Wilson. Sinon ils deviennent des voyous.

Il s'interrompit pour toiser Justin de haut en bas, puis secoua la tête.

– Pas étonnant que ton père ait fichu le camp sans toi, ajouta-t-il en claquant bruyamment la langue.

Justin jeta le râteau. Maintenant, il était furieux.

– Mon père n'a pas fichu le camp ! rugit-il en faisant un pas vers la haie. C'est juste que maman et lui ne s'entendaient plus. Ça arrive, termina-t-il, les dents serrées.

Mr. Wilson recula d'un pas.

– Ne me touche pas ! s'exclama-t-il en levant les mains, comme pour se défendre.

Il avait les mains mouchetées de peinture jaune. Il avait repeint sa porte d'entrée, les montants des fenêtres et la porte du garage dans une teinte de jaune immonde.

– Je vais le dire à ta mère, que tu m'as menacé. Tu n'es qu'un petit voyou ! siffla-t-il.

Justin s'apprêtait à répliquer, mais à cet instant, il remarqua sa mère qui regardait par la fenêtre du salon. Elle agita un doigt en direction du parterre de fleurs, comme pour lui rappeler sa tâche.

Justin déglutit avec peine, ramassa le râteau et prit une profonde inspiration.

– Tu penses me frapper avec ça, hein ? l'accusa Mr. Wilson en indiquant le râteau.

Justin baissa la tête un moment, luttant pour contenir sa colère. Il se rappela un truc que son père lui avait enseigné pour maîtriser son humeur : si quelqu'un vous tape sur les nerfs ou vous embête, il suffit de l'imaginer avec un sac sur la tête. Un sac en papier, en plastique ou en toile. Uni ou décoré. Cela n'a pas d'importance. Il leva la tête et vit que Mr. Wilson l'observait toujours en grimaçant par-dessus la haie. Justin soutint son regard, en l'imaginant avec un sac en papier marron chiffonné sur la tête. Il se mit à sourire.

– Qu'est-ce qui t'amuse ? demanda le voisin, soupçonneux.

– Rien, Mr. Wilson, répondit Justin en se remettant à ratisser. Rien du tout…

Son secret le fit sourire encore plus.

La sonnerie d'un téléphone retentit dans l'air chaud. Mr. Wilson se retourna et disparut dans sa maison.

– C'est ça, marmonna Justin. Va répondre à ton téléphone. C'est peut-être le Premier ministre qui veut te dire quand venir chercher ta médaille de Voisin le plus Méchant de l'Année.

Il soupira et continua de ratisser.

—

Quand Justin eut fini de nettoyer les dégâts dans le jardin et eut rejoint ses amis à la piscine, il avait réussi à oublier sa conversation déplaisante avec Mr. Wilson. Les trois garçons se changèrent, puis filèrent jusqu'au bassin et plongèrent dans l'eau en riant.

Ils restèrent plus d'une heure à la piscine, à discuter et à faire la course. Paul remporta le concours d'apnée, mais Mark réussit à coiffer au poteau les deux autres dans la dernière course.

Les trois amis sortirent de l'eau et repartirent vers le vestiaire, hilares. Mais, à leur entrée, il cessèrent brusquement de rire. Les portes de leurs trois casiers étaient grandes ouvertes. Leurs sacs de sport avaient été sortis et posés sur le carrelage humide, et leur contenu éparpillé dans tous les sens. Deux paires de baskets avaient été jetées dans le coin.

– Regardez mon tee-shirt ! grogna Mark en

ramassant le vêtement trempé, roulé en boule. Ma mère sera furax quand elle le verra. C'était un cadeau d'anniversaire !

– On dirait que quelqu'un l'a piétiné, marmonna Paul en inspectant les traces de semelles humides sur son jean.

Il plongea une main dans une des poches.

– Et j'avais un billet de cinq livres là-dedans, grommela-t-il. Quelqu'un l'a pris.

Justin s'avança vers son casier à lui, le cœur battant.

Il en inspecta l'intérieur.

Ses vêtements aussi avaient été jetés pêle-mêle dehors, mais ses nouvelles baskets étaient toujours sagement côte à côte à l'intérieur. Il les souleva et vit que les semelles étaient mouillées. Quelque chose était collé sous la semelle gauche. C'était un billet de cinq livres.

Justin eut l'impression qu'on avait pompé de l'eau glacée dans ses veines.

D'abord, les dégâts dans le jardin de sa mère… et maintenant, ça. Y avait-il quelqu'un qui le suivait ? Qui enfilait ses nouvelles baskets avant de commettre ses méfaits, afin qu'on en accuse Justin ?

Mais pourquoi ? *Qui* voudrait faire une chose pareille ?

Justin essaya de se rappeler s'il avait vexé ou contrarié quelqu'un. Mais, même si c'était le cas, ce quelqu'un irait-il jusqu'à se venger de cette façon ?

Étourdi, Justin prit le billet de cinq livres et le froissa dans sa main, espérant que personne ne l'avait vu collé à sa basket. Comment expliquer de quelle façon il l'avait récupéré ? Il ramassa hâtivement son jean et enfonça le billet dans une des poches. Il lui faudrait réfléchir à un moyen de le rendre à Paul discrètement, sans qu'il s'en aperçoive.

– Ils ont réussi à te piquer quelque chose, Justin ? voulut savoir Mark.

Il avait toujours une voix furieuse à cause de son tee-shirt.

Justin secoua la tête et, sans regarder ses amis, se mit à rassembler le reste de ses vêtements épars et humides.

Une fois rhabillé, il enfila ses baskets et se baissa pour les lacer. Une fois les lacets noués, il se rendit compte qu'il les avait trop serrés. Il se raccroupit pour les desserrer.

Impossible de les défaire. Il avait même l'impression que les lacets *se resserraient*. Il leva les mains et se redressa, appuyant de tout son poids d'abord sur un pied, puis sur l'autre. L'impression de contraction lui sembla passer.

Justin se détendit un peu. Ce devait être parce que les lacets étaient mouillés, raisonna-t-il.

– Une chance qu'ils n'aient pas touché à tes nouvelles baskets, Justin, dit Mark alors qu'ils se préparaient à partir.

Justin regarda ses chaussures rutilantes.

– Oui, dit-il tout bas. Une chance.

—

Ce fut de nouveau lundi. Justin décida de porter ses vieilles baskets au collège, car il avait plu le dimanche et il ne voulait pas resalir les nouvelles.

Quand il rentra chez lui, il remarqua une agitation inhabituelle chez le voisin. Deux voitures de police étaient garées devant la maison de Mr. Wilson. Leurs gyrophares bleus clignotaient en silence. Un certain nombre de personnes qui habitaient dans la rue étaient sorties pour voir ce qui se passait.

Mr. Wilson était dehors, en train de s'adresser à un policier, qui griffonnait des notes dans son carnet. Un autre agent parlait dans un talkie-walkie.

Justin regardait son voisin avec étonnement, quand Mr. Wilson leva la tête et soutint son regard.

Justin détourna les yeux – et aperçut la vieille voiture de Mr. Wilson. Les portes du garage étaient ouvertes et elle y était garée, comme toujours. Mais elle était couverte de taches de peinture, du coffre au capot. De ce même jaune répugnant que Mr. Wilson avait utilisé. Des pots de peinture gisaient sur le sol bétonné du garage, leur contenu répandu par terre et sur les murs.

– Des vandales du coin, visiblement, disait le policier dans son talkie-walkie. Non. Ça n'a pas l'air d'être un cambriolage. Rien ne manque. Il y a juste la peinture étalée partout. Sans doute quelqu'un qui lui en voulait ; quelqu'un qui ne l'aime pas. C'est vraiment bizarre, on dirait qu'on a marché dans la peinture et piétiné la voiture !

Justin se figea en entendant cela. Puis il passa

son chemin, précipitamment, poussant son vélo pour rejoindre la porte de chez lui.

– Bonjour, chéri ! lança sa mère depuis la cuisine quand Justin entra. La police est toujours là, dehors ?

– Ouais ! cria-t-il en gravissant l'escalier en hâte.

Il ouvrit la porte de sa chambre et fila droit vers son lit. Il avait laissé les nouvelles baskets dessous. Il s'agenouilla et les sortit.

Il y avait de la peinture jaune sous les semelles.

Justin ferma les yeux de toutes ses forces ; il avait l'impression qu'on venait de l'envelopper dans une couverture humide.

Il se leva et gagna sa penderie, puis ouvrit les portes et jeta les baskets à l'intérieur. Ensuite, il claqua les portes, le souffle court.

« C'est complètement dément ! pensa-t-il. Qui… *Qu'est-ce* qui fait ça ? »

Il s'adossa contre les portes du placard. « Pourquoi ? Au cas où elles s'ouvriraient toutes seules, brusquement, et où les baskets en ressortiraient ? » se demanda-t-il avec ironie.

En secouant la tête, il retourna en bas pour

prendre du diluant et un vieux torchon dans l'abri de jardin.

En traversant la cuisine, il fut soulagé d'entendre que sa mère était au téléphone dans le salon. Elle ne lui poserait pas de questions embarrassantes.

—

Assis par terre dans sa chambre, Justin était en train d'ôter avec le diluant et le torchon la peinture jaune qui collait à ses baskets. Les vapeurs du produit lui piquaient les yeux. Il se leva pour ouvrir une fenêtre.

Tout en travaillant, il se demanda quoi faire, à présent. « Je dois trouver un moyen d'empêcher qu'on m'emprunte mes baskets », se dit-il. Il balaya la pièce d'un regard circulaire. Son placard avait une clé – et il n'y avait pas de double. « Voilà ! » pensa-t-il.

Quand il eut terminé, il remit les chaussures au fond du placard, ferma la porte et tourna la clé. « Personne ne les trouvera », songea-t-il en rangeant la clé dans la poche avant de son jean.

—

Pendant trois jours, Justin laissa ses baskets enfermées, jusqu'à ce que l'odeur de diluant se soit dissipée. Quand sa mère lui demanda pourquoi il ne les portait pas, il dit qu'il les gardait pour les occasions spéciales. Mark et quelques autres de ses amis lui posèrent la question aussi : il leur donna la même excuse.

Justin passa chez Mark, pour lui rendre le jeu vidéo qu'il lui avait prêté.

– Où sont tes baskets magiques ? plaisanta Mark. Je les porterais tout le temps si c'étaient les miennes, ajouta-t-il en zappant sur le poste de télévision portatif dans sa chambre.

Il regarda de nouveau les pieds de Justin.

– Tes vieilles baskets sont nulles.

Justin s'esclaffa.

– Les tiennes aussi !

– Ouais, mais je n'en ai pas de neuves, moi !

Justin hocha la tête, puis prit une profonde inspiration.

– Mark, ça va te paraître idiot… commença-t-il. Depuis que j'ai ces baskets, il se passe des choses très bizarres. Je crois que quelqu'un essaie de m'attirer des ennuis.

– Qu'est-ce que tu veux dire ? questionna Mark, intrigué.

– Quand on a piétiné les fleurs de ma mère, j'ai trouvé de la boue sur mes nouvelles baskets. Je sais que c'est pas moi qui ai fait ça. Et tu te rappelles quand on était à la piscine ? J'ai trouvé le billet de cinq livres que Paul s'était fait voler dans la poche de son jean collé sous la semelle d'une de mes nouvelles baskets.

– Mais Paul a retrouvé l'argent dans la poche de sa veste, après, rétorqua Mark.

Justin secoua la tête.

– C'est moi qui l'ai mis là pendant qu'il regardait ailleurs, avoua-t-il. Et c'est pas tout : après ça, quelqu'un a couvert la voiture de notre voisin, Mr. Wilson, de traces de pas pleines de peinture… et j'ai trouvé de la peinture jaune sur la semelle de mes nouvelles baskets !

Mark siffla.

– C'est peut-être celui qui est entré chez Sport-City juste après toi, suggéra-t-il. Il doit être jaloux que tu sois arrivé avant et que tu aies été leur dix millième client.

Il se gratta la tête, songeur.

– Mais ça voudrait dire qu'il t'a suivi partout…

et qu'il est entré chez toi pour prendre les baskets, puis pour les remettre en place, sans se faire remarquer... à deux reprises !

– Je sais ! Ça paraît impossible... mais sinon, comment expliquer ce qui se passe ? dit Justin, frustré.

– J'en ai aucune idée, mon vieux, répondit Mark en haussant les épaules.

– De toute façon, reprit Justin, je crois que j'ai peut-être résolu le problème : j'ai enfermé mes baskets à clé dans mon placard, alors quiconque...

– Attends une minute, l'interrompit son ami en indiquant l'écran de télévision. Je le reconnais, ce type !

Justin se tourna : à l'écran, un bulletin d'informations locales venait de commencer.

– Il travaille... il travaillait chez SportCity, dit-il à Mark. Je me rappelle que je l'ai vu quand j'ai eu mes nouvelles baskets.

Mark monta le son. La voix du journaliste retentit dans la pièce.

– La police recherche des informations d'urgence suite à l'agression brutale, à son domicile, d'un habitant de la ville, annonça le journaliste. La victime, un homme âgé d'une trentaine d'années, a été hospitalisée pour des blessures graves et se trouve dans un état critique. Il a reçu une volée de coups de pied. Un porte-parole de la police a déclaré qu'il n'y avait pas eu de témoins, et la victime semble incapable de fournir une description de son agresseur. L'alarme a été donnée quand des traces de pas sanglantes ont été remarquées autour de la porte d'entrée de la victime.

Justin bondit sur ses pieds, livide.

– Qu'est-ce que tu as ? demanda Mark.

– Tu as entendu ce qu'ils ont dit, Mark, hoqueta Justin. Et si c'était encore les baskets ?

Il se dirigea vers la porte.

– Je dois partir.

– Justin ! l'appela Mark, mais celui-ci sortait déjà de la pièce en courant.

Il sauta sur son vélo et fonça sur la route, en pédalant de toutes ses forces, réfléchissant à toute vitesse. Si mettre ses baskets sous clé n'avait pas marché, que pouvait-il faire ? Et qui serait la prochaine victime ?

Le jour commençait à baisser quand Justin arriva chez lui, le cœur battant après avoir pédalé si vite, mais aussi par peur de ce qu'il risquait de trouver.

Il n'y avait aucune lumière allumée dans la maison.

Justin abandonna son vélo dans l'allée et s'arrêta devant la porte. Sa main trembla quand il mit la clé dans la serrure.

Il ouvrit la porte à la volée, fonça dans l'entrée et tendit la main vers l'interrupteur le plus proche.

– Maman ? appela-t-il avec angoisse.

Pas de réponse.

Il avança lentement.

– Maman !

Cette fois, il avait crié plus fort, avec plus d'inquiétude. Toujours pas de réponse.

« Elle devrait être à la maison », songea Justin, et il se sentit gagné par la panique.

Il entra dans le salon. Aucun signe de sa mère. Il retourna dans l'entrée, puis se dirigea vers la cuisine.

– Maman ! dit-il encore, la voix tremblante.

La porte de la cuisine était fermée. Justin, la main sur la poignée, serra les dents, terrifié : qu'y avait-il de l'autre côté ?

Lentement, il ouvrit la porte et chercha l'interrupteur à tâtons.

La lumière inonda la cuisine obscure et Justin remarqua immédiatement le couteau posé sur la table. La pointe de la lame était tachée de rouge.

Des gouttes pourpres parsemaient le plan de travail et le sol.

Justin se cramponna au bord de la table, étourdi et nauséeux. Sa peau le picotait et il avait l'impression que des bras glacés l'enserraient. Ensuite, il entendit un bruit au-dessus de sa tête.

Un grincement aigu.

Il retourna dans l'entrée, le cœur battant. Pendant de longues secondes, il resta figé au pied de l'escalier, les yeux fixés sur l'obscurité, au-delà du palier, pressé de savoir qui était là-haut, et terrorisé à l'idée de ce qu'il pourrait y trouver.

– Maman ! appela-t-il encore, espérant de tout son cœur entendre sa voix. Maman, c'est toi qui es là-haut ? Ça va ?

Silence.

En s'efforçant de contrôler sa respiration, Justin posa le pied sur la première marche et commença à monter l'escalier.

Il était à mi-chemin, quand la lumière de

l'entrée vacilla une seconde, puis s'éteignit. Justin s'arrêta. La terreur lui nouait l'estomac.

À présent, il faisait noir au rez-de-chaussée *et* au premier. Mais il savait qu'il devait se dépêcher.

En parvenant à l'étage, il traversa le palier en direction de sa chambre. La porte était entrouverte, mais cela ne suffisait pas pour voir ce qu'il y avait à l'intérieur.

Il poussa la porte, au bord de l'apoplexie.

D'après ce qu'il pouvait distinguer dans la pénombre, tout paraissait normal, dans sa chambre. Jusqu'au moment où il remarqua un filet rouge qui coulait sous la porte de sa penderie.

La main tremblante, Justin tâta sa poche. La clé s'y trouvait toujours.

Il traversa la pièce et tira la poignée de son placard. La porte s'ouvrit.

Une odeur métallique lui emplit les narines. Une odeur de sang.

Justin baissa les yeux et vit ses nouvelles baskets posées sagement au fond de la penderie. Les lacets étaient entièrement teintés de rouge, l'intérieur et les semelles étaient trempés, et le bout des chaussures était maculé de sang qui avait bruni en séchant.

Justin sentit son estomac se contracter. Il ferma les yeux et, pendant une seconde, il crut qu'il allait vomir. Il inspira profondément plusieurs fois, puis se força à rouvrir les yeux pour examiner la serrure. Manifestement, elle avait été forcée.

De l'intérieur.

Pour la première fois, Justin envisagea la possibilité que *personne* ne l'ait suivi, que personne ne lui ait emprunté ses baskets pour faire des choses terribles afin que Justin en soit accusé. Peut-être que les baskets se débrouillaient toutes seules pour faire ces choses terribles.

Peut-être qu'elles étaient hantées... *possédées*...

Sinon, comment expliquer ce qui se passait ?

Justin regarda de nouveau les baskets.

Tellement de sang !

À qui était tout ce sang ? À l'homme qui s'était fait agresser ?

À qui ?

À sa mère ?

Étourdi, Justin se précipita dans la chambre de sa mère.

Elle n'y était pas.

Dans la salle de bains non plus.

Justin repartit vers l'escalier. Soudain, il se figea : il venait d'entendre la porte s'ouvrir, en bas. Il écouta l'intrus se déplacer dans l'entrée, en se demandant s'il pourrait s'échapper et donner l'alarme.

– Manquait plus que ça ! Un plomb qui a sauté !

Justin retomba contre le mur, soulagé, en reconnaissant la voix de sa mère. Tout d'un coup, l'entrée et l'escalier furent inondés de lumière.

– Voilà qui est mieux ! dit la mère de Justin.

Celui-ci claqua la porte de sa chambre derrière lui et descendit en courant à la cuisine.

– Maman ! hoqueta-t-il en se précipitant vers elle. Ça va ?

– Oui, très bien, lui dit-elle en considérant avec surprise cette démonstration d'affection d'un excès inattendu. Tu ne le croiras jamais. J'épluchais des oignons et je me suis coupé le doigt.

Elle leva l'index pour lui montrer.

– Je saignais à flots... et nous n'avions plus de pansements ! Alors j'ai dû sortir en acheter.

Elle fronça les sourcils.

– Tout va bien, Justin ? À voir ta tête, on dirait que tu viens de croiser un fantôme !

– Ça va, mentit-il. Quand je suis rentré, tu n'étais pas là. J'étais inquiet.

Il parvint à afficher un faible sourire.

– Eh bien, je suis là, maintenant ! dit sa mère. Mais je crois que le dîner sera un peu en retard, malheureusement.

– C'est pas grave, maman. J'ai du ménage à faire dans ma chambre. Je, euh… J'ai renversé quelque chose sur la moquette…

Il se retourna pour sortir de la cuisine.

Étonnée, sa mère haussa les sourcils.

– Toi, faire du ménage ? Tu es sûr que ça va ? plaisanta-t-elle.

Justin essaya de sourire, mais n'y parvint pas. Il monta lentement l'escalier et regagna sa chambre.

Il rinça les baskets dans le lavabo de la salle de bains, puis revint essuyer le sang au fond de son placard. Ce faisant, Justin regarda ses doigts rougis et envisagea d'apporter les baskets à la police.

Mais que diraient-ils ? Seraient-ils prêts à croire qu'il leur apportait une pièce à conviction ? Non.

Ils penseraient qu'il avouait. Leur montrait la preuve de son crime. C'étaient ses baskets à lui, après tout. Ses baskets qui étaient couvertes de sang. Comment leur expliquer ?

« Excusez-moi, mais ces chaussures ont peut-être bien tué quelqu'un. Je crois que vous devriez les arrêter et les jeter en prison. »

Justin savait qu'il devait se débarrasser de ses nouvelles baskets. Il n'avait jamais été aussi certain de quoi que ce soit dans sa vie. Il trouva un sac en plastique et les fourra à l'intérieur.

Il décida de les emporter à la décharge la plus proche le lendemain matin. Il les jetterait le plus loin possible et les laisserait pourrir là avec les autres ordures. C'était la seule solution.

—

Justin se réveilla en sursaut. Il avait mal dormi. Le cœur lourd, il regarda le sac qui contenait ses nouvelles baskets, puis bondit de son lit et ouvrit les rideaux. Les fenêtres étaient trempées de pluie, et des gouttes se poursuivaient sur la vitre, comme des larmes.

Il s'habilla en hâte et enfila ses vieilles baskets,

ramassa le sac avec les nouvelles et descendit au rez-de-chaussée.

Il entendait sa mère se déplacer dans la cuisine.

– Je reviens tout de suite, maman ! lança-t-il.

Sa mère sortit précipitamment.

– Où vas-tu sans prendre ton petit déjeuner… et pourquoi portes-tu ces vieilleries qui sentent mauvais et qui sont complètement fichues ? demanda-t-elle en indiquant les vieilles baskets de Justin. Mets tes belles chaussures neuves et viens manger avant de sortir ! insista-t-elle.

Puis elle disparut dans la cuisine.

Justin s'assit sur la dernière marche de l'escalier et ouvrit le sac en plastique. À contrecœur, il sortit les nouvelles baskets et les enfila, sans serrer les lacets. Autant les porter une dernière fois. Il emmènerait sa vieille paire à la décharge et la remettrait avant de jeter la nouvelle. Il n'aurait plus que les récriminations de sa mère à affronter quand il rentrerait à la maison sans ses nouvelles baskets.

—

Justin avait mis ses vieilles chaussures dans le sac en plastique et marchait vers la décharge municipale.

Mais il peinait terriblement. Quand il avait joué au foot avec les nouvelles baskets, il lui avait semblé qu'elles le rendaient plus rapide qu'il ne l'avait jamais été. À présent, décoller les pieds du trottoir lui demandait un gros effort. On aurait dit que ses semelles étaient doublées de plomb.

Maintenant que sa mère ne pouvait plus le voir, Justin décida d'enfiler ses vieilles baskets tout de suite plutôt qu'à la décharge. Il se pencha pour dénouer les nouvelles. Aussitôt, les lacets se resserrèrent et les baskets comprimèrent ses pieds comme les serres d'un aigle agrippant sa proie.

Cette fois, il ne pouvait pas le nier.

Les baskets avaient leur volonté propre.

Glacé de terreur, Justin comprit qu'il n'avait pas le choix : il devait lutter contre les baskets et mener à bien son plan pour s'en débarrasser.

Grimaçant de douleur, il se força à avancer, pas à pas, péniblement.

Normalement, courir de chez lui à la décharge aurait dû lui prendre moins de dix minutes, mais ce trajet n'avait *rien* de normal. Quelques mètres plus loin, le pied droit de Justin partit violemment d'un côté, manquant le faire tomber. Au prix d'un effort terrible, il réussit à rester sur le trottoir.

L'autre basket plongea en avant, lui tordant de nouveau le buste. Il gémit de douleur.

Il regarda les baskets et serra les dents, concentré.

– Non ! siffla-t-il, essayant d'empêcher ces tressautements de se reproduire.

Mais il gigotait comme un pantin au bout de ses fils, contrôlé par un marionnettiste aliéné. Il n'exerçait plus aucun contrôle sur ses membres.

Une douleur lui vrilla la cheville gauche et fusa le long de son mollet, le faisant gémir. Il avait l'impression qu'on lui avait attrapé le pied et qu'on l'avait sauvagement tordu. Ensuite, une torsion tout aussi brutale de son genou le fit hurler. Il agrippa sa rotule, craignant qu'elle explose. Tirées d'un côté et de l'autre, tordues dans des positions impossibles par les baskets, ses jambes et ses articulations le brûlaient.

Un homme venait vers lui.

– Aidez-moi ! cria Justin en lui adressant des signes paniqués.

L'homme se contenta de le regarder comme s'il était fou, et passa son chemin.

Justin fit une nouvelle tentative quand une voiture passa devant lui, mais le conducteur aussi le considéra d'un drôle d'air, puis secoua la tête et s'éloigna.

Justin avait de la transpiration qui lui coulait dans les yeux. Il se rendit compte qu'il n'était qu'à une centaine de mètres de la décharge. S'il pouvait continuer à avancer…

Mais six voies de circulation le séparaient de son objectif.

Il exhorta ses pieds, en les fusillant du regard :

– Allez !

Une voiture passa en trombe près de lui. Tout près. Le souffle lui ébouriffa les cheveux. Justin hoqueta en constatant qu'il était si proche du caniveau.

Les lacets des baskets se resserrèrent encore, si fort qu'il hurla de douleur, mais son cri fut étouffé par le bruit des voitures qui filaient dans les deux sens sur la nationale. Il essaya d'oublier cette douleur terrible qui le lançait.

Soudain, les baskets semblèrent abandonner la lutte.

Justin prit une profonde inspiration et s'élança sur la route, en courant le plus vite possible pour traverser. Quand il atteignit la file du milieu, il s'arrêta net, les pieds soudés au bitume.

En regardant autour de lui, affolé, il sentit une vague de terreur absolue le submerger : une voiture lui fonçait dessus. Les baskets avaient repris le contrôle. Il était paralysé.

Il entendit klaxonner et vit le conducteur lui adresser des gestes frénétiques pour qu'il s'en aille.

Mais il ne pouvait pas.

Au dernier moment, la voiture fit un écart, l'évitant d'un cheveu.

Une autre voiture arrivait derrière. Puis une moto. Les deux véhicules le contournèrent.

Justin serra les dents et resta immobile, le cœur battant à toute allure.

« Reste calme, se dit-il. Concentre-toi. Les voitures ne vont pas te rentrer dedans. Elles voient bien que tu es là. »

Le commissariat se trouvait sur le trottoir d'en face. Peut-être que quelqu'un, à l'intérieur, entendrait les furieux coups de Klaxon, le verrait coincé au milieu des voitures et sortirait l'aider. Justin l'espérait. Il était prêt à se faire gronder pour avoir essayé de traverser une route aussi encombrée, s'être mis en danger et avoir gêné la circulation. Pourvu qu'on l'aide.

Une fois de plus, voyant une trouée dans le flot de bolides, il essaya de bouger. En vain.

À présent, la sueur lui coulait à grosses gouttes sur la figure. Avec un énorme effort, il contraignit ses pieds à avancer, tandis que les voitures continuaient à fuser des deux côtés, dans un rugissement sonore. Il fit deux pas en avant. Encore quelques mètres, et il serait sur le trottoir d'en face.

Les conducteurs furent si nombreux à jouer du Klaxon que leurs hurlements stridents, venant de tous les côtés à la fois, formèrent une symphonie assourdissante qui menaça de lui crever les tympans.

Ensuite, les baskets l'immobilisèrent tout net, encore une fois. Une camionnette blanche passa devant lui. Justin ferma les yeux, terrifié.

Alors il entendit des coups de corne tonitruants à sa gauche – bien plus puissants qu'un Klaxon de voiture.

Il rouvrit les yeux : sur la file du milieu, un camion fonçait vers lui.

Justin était figé sur place.

Le conducteur du camion donna un nouveau coup de corne. Le bruit résonna dans ses oreilles. L'énorme grille scintillante du radiateur ressemblait aux dents d'un prédateur affamé.

Justin vit la tête désespérée du conducteur quand il tourna le volant, en serrant les dents, dans un ultime effort pour l'éviter. Le camion vira sur la gauche, manquant de peu une voiture qui arrivait dans l'autre sens. Les énormes pneus avant du poids lourd crissèrent quand le caoutchouc brûla sur le bitume.

Mais Justin ne pouvait toujours pas bouger.

Il regarda les baskets, totalement découragé.

Ensuite, il s'envola dans les airs, comme emporté par des cordes invisibles. Il en eut le souffle coupé. Il n'eut même pas le temps de hurler quand il retomba devant le camion.

Il ne vit qu'une montagne de métal qui lui fonçait dessus et, dans un terrible éclair de lucidité, sut que cette fois, le camion allait lui rentrer dedans.

—

Le gémissement strident des sirènes remplit l'air

de leur cri funeste quand des ambulances passèrent en trombe pour rejoindre le lieu de l'accident.

Les deux garçons n'avaient pas vu ce qui s'était passé. Ils n'avaient aperçu que la gigantesque explosion, comme une boule de feu hurlante. Un énorme champignon de fumée noire s'était élevé sur le lieu de l'impact et, à présent, flottait au-dessus de la scène comme un monstrueux rideau qui se lève. Un autre curieux avait murmuré que l'explosion avait été provoquée par une voiture qui avait foncé dans le camion, au moment où il pilait, et brisé son réservoir d'essence.

Les garçons étaient fascinés par la masse de véhicules arrêtés sur les trois files de la route.

L'un d'eux remarqua quelque chose dans le caniveau, à quelques mètres. Il s'approcha pour voir ça de plus près.

– Hé, regarde ! dit-il en appelant son ami.

C'était une paire de baskets qui traînait près du trottoir. Les semelles étaient pratiquement neuves et le dessus semblait avoir été fraîchement ciré.

– Elles sont chouette, dit l'autre garçon. Qui pourrait vouloir les abandonner ici ?

– Quelqu'un a dû les balancer, répliqua son ami. Elles ont l'air à ta taille. Essaie-les. C'est exactement les mêmes que les miennes, celles que j'ai achetées chez SportCity il y a deux semaines.

L'autre garçon ôta ses vieilles baskets et enfila les nouvelles.

– Elles sont parfaites pour moi, dit-il avec un sourire. Des baskets de rêve !

MANGEZ DES POMMES

Tim Barnett commençait à se demander s'il est possible de fondre quand le soleil tape trop fort.

Il transpirait. Il s'essuya et regarda le ciel bleu, sans nuages. Le soleil avait brillé sans interruption depuis son réveil, ce matin-là. Il avait même brillé sans interruption depuis son arrivée dans la ferme de sa grand-mère, trois jours plus tôt – d'ailleurs, il ne s'en plaignait pas. Il adorait la chaleur, et il espérait bien que le beau temps se maintiendrait pendant les neuf jours qu'il lui restait à passer ici, avant que ses parents viennent le chercher.

Il se remit à pédaler sur l'étroit chemin de terre, en s'arrêtant de temps en temps pour regarder les champs qui s'étiraient dans toutes les directions.

L'herbe et les plantes sauvages, de part et d'autre du chemin, lui arrivaient presque à la taille, et au-delà, dans les champs, les plantations aussi étaient trop hautes.

Au détour d'un virage, la ferme réapparut, avec ses différents bâtiments. Outre la maison elle-même, il y avait une grange, un abri pour traire les vaches, des étables, un garage où l'on avait remisé le tracteur et quelques vieux enclos à cochons désertés depuis longtemps. Des fragments délaissés de matériel agricole jonchaient la cour, tels les squelettes rouillés de dinosaures métalliques. Personne n'y avait touché depuis la mort de son grand-père.

D'année en année, pendant ses nombreux séjours chez sa grand-mère, Tim avait exploré toute la ferme. La grange, en particulier, recélait des trésors incroyables ; de vieux outils étaient appuyés dans tous les coins : faux gigantesques, faucilles rouillées, etc. Ils évoquaient les armes abandonnées d'une étrange armée. Tim aimait bien le calme de la grange et, quand la chaleur devenait insupportable, il y trouvait une fraîcheur agréable, à l'abri sous le haut plafond, parmi les ombres étirées, irrégulières.

La grange abritait également l'une des plus grosses araignées qu'il ait jamais vues de sa vie. Sa toile était très haut sous la corniche, mais Tim distinguait quand même la silhouette de l'animal, avec ses huit pattes, chaque fois qu'il s'aventurait sur les fils pour dévorer sa dernière victime. L'araignée avait tissé d'immenses toiles partout dans la grange. Tim avait trouvé des restes de mouches, de guêpes et même d'autres araignées dans ses pièges soyeux. On aurait dit qu'elle s'appropriait le bâtiment.

Le grand-père de Tim était mort sept ans plus tôt, quand le garçon avait seulement quatre ans ; il avait peu de souvenirs de lui. Son père avait tenté de convaincre mamie de venir habiter avec eux, à Londres, mais elle avait dit qu'elle avait toujours vécu à la ferme et qu'elle n'avait aucune intention de la quitter. Enfin, plus précisément, elle avait dit : « Une place pour chaque chose et chaque chose à sa place. »

Ensuite, quand le père de Tim avait essayé de faire comprendre à mamie qu'elle ne pourrait peut-être pas s'occuper de la ferme toute seule, elle avait répliqué en souriant : « L'habit ne fait pas le moine. »

C'était encore un de ses proverbes. Mamie avait un proverbe pour chaque occasion et, franchement, Tim les trouvait parfois agaçants.

S'il se levait un peu plus tard que d'habitude, le matin, il avait droit à : « Le monde appartient à ceux qui se lèvent tôt. »

S'il rechignait à finir son assiette, elle disait : « L'appétit vient en mangeant. »

Mamie était également superstitieuse. Elle ne craignait pas seulement les choses habituelles que tout le monde connaît – il ne faut pas passer sous une échelle, et tout le toutim –, mais aussi des choses bizarres dont Tim n'avait jamais entendu parler.

Un soir, pendant le dîner, il avait renversé la salière en tendant la main pour prendre la purée. Aussitôt, mamie lui avait dit de jeter une pincée de sel par-dessus son épaule gauche.

– Pourquoi, mamie ? lui avait-il demandé en riant.

– Pour aveugler le démon qui est assis sur ton épaule, avait-elle répondu gravement.

Elle avait insisté pour qu'il accomplisse cet étrange rituel.

Tim avait fait ce qu'elle demandait, même s'il trouvait tout cela pour le moins bizarre,.

Un grand corbeau noir, en s'envolant d'un arbre à proximité, l'arracha brusquement à ses réflexions. Tim regarda l'oiseau s'élever dans le ciel bleu, puis se remit à pédaler dans l'un des nombreux chemins broussailleux qui sillonnaient le domaine comme d'épaisses veines brunes. Il en avait découvert des dizaines au cours de ses visites, mais il se demandait combien d'autres lui étaient encore inconnus.

En approchant de la ferme, Tim visa une parcelle de terre qui semblait poussiéreuse. Il posa un pied au sol et serra le frein arrière, pour s'arrêter dans un dérapage spectaculaire. Des nuages de poussière montèrent dans l'air sec.

Avec un grand sourire de satisfaction, le garçon leva le nez : sa grand-mère, sur le seuil de la ferme, avait un grand verre de citronnade à la main.

– Voilà une boisson fraîche pour toi, dit-elle avec un sourire.

Elle le regardait à travers ses grandes lunettes

rondes. Le soleil se réfléchissait sur ses cheveux blancs comme neige.

– Tu as vu comme j'allais vite, mamie ? demanda Tim en prenant avec gratitude le verre qu'elle lui tendait et en avalant une grosse gorgée.

– Oui, j'ai vu. Il faut être prudent, ne va pas te casser la figure.

Tim leva les yeux au ciel.

– T'inquiète pas, mamie. Attends de voir ce que j'ai prévu pour demain ! continua-t-il, excité.

Sa grand-mère regarda le ciel dégagé.

– Touche du bois pour qu'il fasse encore beau demain, dit-elle.

De nouveau, Tim leva les yeux. S'il avait reçu une pièce chaque fois qu'il l'entendait dire « touche du bois » quand elle espérait quelque chose, il aurait eu les moyens de s'acheter ces nouvelles baskets dont il avait envie !

—

Ce soir-là, ils étaient tous les deux installés devant la télévision. Banjo, le beagle de sa grand-mère, était allongé sur le tapis, devant la vieille cheminée. Tim croquait bruyamment une pomme qu'il avait prise dans le panier de fruits, sur la table du salon.

– Fais attention aux pépins, lui dit sa grand-mère en gloussant. On ne voudrait pas qu'un pommier te pousse dans le ventre !

Tim s'esclaffa et croqua une nouvelle bouchée. « Mamie et ses proverbes insensés ! » pensa-t-il.

Ils regardaient une émission sur les fermes d'autrefois, et leur intense activité d'alors. Tim observa avec intérêt les photos en noir et blanc et les images filmées qui défilaient sur l'écran.

– Hé ! C'est exactement la même que celle qui est dans la grange de papi ! dit-il en désignant une vieille charrue sur le poste.

– Tu as raison. Ton grand-père s'est servi de cette charrue pendant plus de trente ans. Même quand on a commencé à en fabriquer de nouvelles, il l'a gardée. Il disait : « C'est pas parce qu'elle est vieille qu'elle ne marche pas bien. »

Soudain, mamie se tourna vers Tim et lui pressa la main.

– Ton grand-père me manque toujours beaucoup, tu sais. Mais les voies du Seigneur sont impénétrables.

Elle desserra son étreinte et chercha un mouchoir pour essuyer ses yeux humides.

– Il a dû estimer que c'était l'heure, pour ton grand-père.

Tim serra sa grand-mère dans ses bras pour la réconforter, puis se remit face à la télévision. Mais à présent, il n'avait plus qu'une idée en tête : il savait tellement peu de choses sur la mort de son grand-père ! On lui avait dit que papi était mort dans un accident à la ferme. Personne ne lui avait jamais raconté les détails de sa mort – mais bon, raisonna Tim, il n'avait jamais vraiment posé de questions. Un jour, il y avait assez longtemps, il avait entendu ses parents en parler, croyant qu'il dormait. Son père avait dit que c'était un accident inhabituel. Étrange. Et voilà tout ce que mamie avait répondu quand Tim l'avait interrogée à ce propos : « Il y a des choses qu'il vaut mieux que tu ne saches pas. »

—

Le lendemain matin, Tim fut réveillé par les rayons de soleil qui inondaient sa chambre. Il bâilla, s'étira et bondit de son lit. En traversant le palier pour gagner la salle de bains, il entendit que sa grand-mère préparait le petit déjeuner dans la cuisine, en bas. Il fit sa toilette et s'habilla, puis descendit en hâte.

– Voilà un bon sandwich au bacon pour toi, dit-elle.

– Merci, mamie !

Impatient de profiter du soleil, Tim remplit son sandwich de ketchup et mordit dedans, avant de le faire passer avec une tasse de thé. En avalant la dernière bouchée, il emporta son assiette et sa tasse dans l'évier.

– File vite dehors, suggéra sa grand-mère avec un sourire. Ce serait dommage de ne pas profiter du beau temps le plus possible.

Tim lui sourit. Parfois, on aurait cru qu'elle lisait dans ses pensées !

– Tu sais ce qu'on dit, lança-t-elle alors que Tim sortait en hâte et enfourchait son vélo : « Mieux vaut plus tôt que plus tard » !

– Oui, et tu as bien fait de toucher du bois pour qu'il fasse beau, mamie ! répliqua-t-il.

Tim s'éloigna dans la cour. Brusquement, un nuage de poussière se souleva devant lui, et Banjo apparut ; tout excité, il aboyait et remuait la queue.

– Viens, espèce de barjot ! gloussa-t-il alors que le beagle le rejoignait à grands bons.

Tim tourna son vélo et se mit à pédaler de toutes ses forces, tandis que Banjo courait à ses côtés. Le beagle était enchanté quand Tim était là : enfin un compagnon de jeux !

Le chemin de terre était troué d'ornières profondes par endroits. Les longues semaines de soleil avaient durci le sol. Tim devait se cramponner fermement au guidon. C'était très amusant d'essayer de garder son équilibre sur ce terrain inégal, tout en s'efforçant d'aller le plus vite possible.

Après deux heures de cross, Tim revint à la ferme avec un beagle épuisé sur les talons. Il but une boisson fraîche et mangea un casse-croûte, puis regarda autour de lui, en quête d'une activité pour occuper l'après-midi.

« J'ai trouvé ! » se dit-il en se rappelant les planches de bois et les bidons d'huile rouillés dans le fond de la grange.

Il transporta les vieux bidons vides dehors et cala deux planches dessus pour former un tremplin.

Une brise tiède soufflait.

Sa grand-mère émergea de la ferme avec un panier de linge sous un bras.

– Qu'est-ce que tu fabriques, maintenant, mon grand ?

– Je vais sauter ça, lui dit Tim en indiquant le tremplin improvisé d'un mouvement du menton.

– Sois prudent quand même, reprit sa grand-mère en secouant la tête. « Prudence est mère de sûreté. »

Elle étendit un grand drap blanc sur le fil.

Tim gonfla la poitrine.

– T'inquiète pas, je vais y arriver facilement. Je suis un super cycliste.

Sa grand-mère claqua la langue.

– « L'orgueil précède la chute », répondit-elle en se penchant pour reprendre des pinces à linge.

Tim secoua la tête, puis s'élança, en pédalant comme un fou. Il lui montrerait de quoi il était capable… Elle et ses proverbes idiots !

En fonçant vers le tremplin, le garçon se prépara à bondir. À côté, Banjo aboyait, excité.

Soudain, Tim sentit quelque chose tirer sur sa cheville. En baissant les yeux, il vit avec horreur que sa chaussette s'était coincée dans la chaîne.

Quand le vélo toucha le pied du tremplin, Tim sentit la panique le gagner : il perdait le contrôle.

Le vélo partit d'un côté et Tim s'envola. Il entendit vaguement sa grand-mère crier, quelque part derrière lui, avant de tomber lourdement au sol et de rouler, entraîné par son élan, vers la haie qui séparait le jardin de la cour. Il glissa dedans les pieds en avant. Des épines lui trouèrent la peau et des orties brûlantes lui fouettèrent les mains. Le vélo fit un vol plané dans les airs et atterrit à proximité dans un grand fracas.

– Tim ! Ça va ? s'écria sa grand-mère.

Elle posa le panier à linge et se précipita vers lui.

Tim grogna et tenta de se libérer, en grimaçant quand des buissons d'épines éraflèrent ses jambes et ses bras nus.

– Doucement, murmura mamie en apparaissant à côté de lui. Je t'avais bien dit de faire attention !

Elle secoua la tête.

– Tu es toujours trop pressé ! le gronda-t-elle. Tu sais ce qu'on dit : « Vite fait, mal fait. »

– Qui, *on*, mamie ? demanda Tim en fusillant du regard sa chaussette déchirée et la peau râpée de sa cheville, puis son vélo renversé. *On* sait tout, manifestement. *On* se réunit pour inventer tous ces proverbes, juste pour que les gens puissent les répéter ?

Il se redressa, attrapa son vélo, ôta des feuilles de ses cheveux et, de mauvaise humeur, partit vers la grange.

—

Tim n'aurait su dire depuis combien de temps il était dans la vieille grange branlante. Tout ce qu'il voulait, c'était rester seul dans la fraîcheur, et soigner sa blessure d'orgueil sans que sa grand-mère lui fasse la leçon.

– On dîne dans un quart d'heure ! l'entendit-il crier depuis la maison.

Tim fut étonné qu'elle l'appelle déjà : il ne s'était pas rendu compte qu'il était si tard.

– Hmpf... Pas faim, marmonna-t-il pour lui-même, en déchirant un brin de paille en deux.

Son estomac grommela, lui signalant que son corps n'était pas d'accord. En fait, il était affamé, et cette odeur délicieuse qui venait de la cuisine et qu'il reconnaissait – c'était l'une des fameuses tartes aux pommes de mamie – ne l'aidait en rien. Tim en eut l'eau à la bouche, mais il n'était pas prêt à affronter sa grand-mère tout de suite. Ses égratignures le piquaient un peu, mais c'était surtout sa fierté qui avait souffert. Il décida de trouver un autre endroit où manger ; il ne savait pas où, mais il y était déterminé.

Il gagna la porte de la grange et jeta un coup d'œil à l'extérieur. Le soleil descendait lentement à l'horizon, et des nuages de moucherons flottaient dans l'air comme des cendres ailées. Laissant son vélo appuyé contre le mur en bois fissuré, il se faufila dehors et traversa la cour furtivement.

Il y avait un petit taillis bordé de haies à sa droite : il partit dans cette direction. Il pourrait peut-être trouver des mûres pour apaiser sa faim.

En se frayant un chemin dans le feuillage, il arriva devant un haut mur de pierre. Jusqu'à présent, le mur était resté masqué par de grandes ronces épaisses qui avaient empêché Tim de s'approcher pour voir ce qu'il y avait de l'autre côté. Mais la plupart de ces buissons s'étaient rétractés dans la chaleur. La curiosité lui fit oublier sa faim pour un moment. Qu'y avait-il derrière le mur ?

Deux arbres tombés se trouvaient à proximité. Tim fila dans leur direction. En grimpant sur les troncs noueux, il arriverait à voir par-dessus le mur.

Le spectacle qui s'offrit alors à ses yeux le fit hoqueter de stupeur. Derrière le mur s'étendait un immense verger. Il semblait s'étirer sur des kilomètres. Et chaque arbre de ce verger était chargé de pommes rouges qui paraissaient bien mûres et juteuses.

Tim se prépara à se hisser sur le mur. Hop ! il sauterait de l'autre côté, ramasserait vite quelques pommes et repartirait. Fastoche.

Il savait que ces pommes ne lui appartenaient pas, mais le propriétaire de ce verger en avait des milliers ; deux ou trois pommes ne lui manqueraient pas...

Tim grimpa sur le mur, passa un moment à se décider, puis sauta sur l'herbe moelleuse qui tapissait le verger. Il se redressa et regarda autour de lui.

Il n'avait jamais vu de verger pareil. Tous les arbres avaient sensiblement la même taille, avec la même large ouverture dans le tronc qui se séparait en deux grosses branches, lesquelles, à leur tour, se divisaient en petites branches. Tim était impressionné par la quantité de pommes sur chaque branche. C'était un miracle que le bois ne cède pas sous leur poids !

Il déambula lentement entre les arbres, conscient que le crépuscule cédait la place à l'obscurité, mais fasciné par la vue de tant de fruits mûrs – ils semblaient tous tellement parfaits ! Au bout d'un moment, il trouva un morceau de bois par terre. Il le prit pour fouetter les branches basses de l'arbre le plus proche. Il ne parvint qu'à fendre son bâton.

Aucune pomme ne tomba.

Tim donna un nouveau coup ; le bruit résonna dans le verger comme un coup de fusil.

– Hé, toi !

Perçant l'obscurité, le cri venait de quelque part sur sa gauche. Tim regarda autour de lui pour en repérer la source.

– Sors de mon verger ! rugit la voix.

Enfin, Tim vit d'où elle venait. Une silhouette avançait rapidement vers lui dans la pénombre. Le garçon distinguait tout juste que c'était un homme costaud, avec une barbe blanche, et qu'il paraissait armé d'un fusil.

– Sors d'ici ! tempêta l'homme.

Tim tourna les talons et s'enfuit. La peur lui donnait des ailes, mais, dans le soir tombant, il y voyait difficilement. Il trébucha sur une branche tombée et s'étala par terre.

Tout en essayant frénétiquement de se redresser, il se retourna : l'homme s'approchait. Sa grande barbe blanche évoquait un phare menaçant dans la pénombre. Le mur du verger était à une vingtaine de mètres devant Tim.

Il se remit sur pieds tant bien que mal. Il sentit qu'il s'était égratigné le genou, mais il était prêt à tout pour se mettre hors d'atteinte de ce vieux fou.

Quinze mètres.

Il continua de courir, se baissa pour éviter de se cogner contre une branche basse, puis jeta un nouveau coup d'œil derrière lui.

L'homme le rattrapait.

Dix.

Tim se jeta sur le mur poussiéreux, dont il sentit les aspérités contre son visage en sueur. Ses doigts tâtaient désespérément la surface, cherchant le sommet. Il se cramponna, essayant de toutes ses forces de se hisser dessus. Soudain, il sentit qu'il perdait prise et hurla de terreur quand il dérapa et tomba en arrière, pour atterrir lourdement dans l'herbe moelleuse. Il se retourna : la silhouette sortait des arbres, menaçante.

– Je t'ai dit de sortir de mon verger ! siffla le vieillard.

Tim reprit de l'élan et courut vers le mur. Cette fois, il parvint à trouver une bonne prise. Il se hissa, tenta de passer une jambe par-dessus pour pouvoir se laisser tomber en sécurité de l'autre côté, mais découvrit avec horreur qu'il ne pouvait pas bouger. La pointe de l'une de ses vieilles baskets usées était coincée dans un trou du mur.

Sous lui, le vieil homme leva lentement son fusil. Tim vit un sourire sardonique s'étirer au-dessus de la barbe blanche.

– Je t'aurai prévenu, petit ! lança le vieillard d'une voix rauque.

Tim essaya de dégager son pied. Sa basket restait coincée dans le trou.

Le vieux avait calé son fusil contre son épaule. Le cœur battant, Tim se rendit compte qu'il avait l'intention de tirer.

– Tu n'aurais pas dû venir ici, siffla l'homme.

Avec un dernier effort désespéré, Tim libéra sa basket. Il enjamba le mur et tomba brutalement dans le taillis, de l'autre côté. Il se remit immédiatement debout.

– Si jamais tu reviens ici, tu vas le regretter ! rugit l'homme.

Sa voix retentit dans les oreilles de Tim en montant vers le ciel noir.

Haletant, le garçon recommença à courir, le cœur battant la chamade, en regardant par-dessus son épaule : l'homme pouvait-il l'avoir suivi de ce côté-ci du mur ? Il ne s'arrêta pas avant d'avoir atteint la maison de sa grand-mère.

Il se jeta sur la porte de la cuisine et manqua heurter la vieille table en chêne. Rouge et tremblant, il s'affala sur une chaise.

Sa grand-mère l'attendait.

– Où étais-tu ? demanda-t-elle avec impatience. J'avais dit un quart d'heure, Tim. Le dîner est pratiquement fichu. Et c'était ton menu préféré : rôti de porc et tarte aux pommes.

—

Tim se tapota le ventre et adressa un sourire reconnaissant à sa grand-mère, tandis qu'elle emportait son assiette vide.

– Ça va, Tim ? demanda-t-elle. Tu n'as pas ouvert la bouche depuis que tu es rentré. Tu as perdu ta langue ?

– Non, ça va, mamie, dit-il.

Son cœur avait enfin repris un rythme à peu près normal.

– J'étais occupé à me régaler, c'est tout. Je ne voulais pas parler la bouche pleine.

– C'est bien, mon chéri. Mais tu avais l'air un peu pâlot quand tu es arrivé...

Elle posa une part de tarte aux pommes devant lui.

La tarte semblait délicieuse, mais en pensant aux pommes, Tim sentit un frisson glacé lui parcourir le dos.

– Euh… Je crois que je vais sauter la tarte, cette fois-ci, mamie.

– Mais tu adores la tarte aux pommes ! répliqua-t-elle, surprise.

– Je sais, mais je ne suis pas vraiment d'humeur pour le moment, marmonna Tim.

– Bon, comme tu veux, dit sa grand-mère en reprenant l'assiette.

Tim but une gorgée de sa citronnade.

– Mamie, questionna-t-il d'un ton désinvolte, tu sais, ce verger qui borde ta ferme… Il appartient à qui ?

– Ne t'approche pas de ce verger ! l'avertit sa grand-mère, l'air soudain inquiète. Il appartient au vieux Bill Cole. Il a toujours vécu là tout seul, d'aussi loin que je m'en souvienne. Il était déjà là quand je suis venue habiter à la ferme avec ton grand-père, et c'était il y a cinquante ans. Pourquoi me poses-tu cette question ?

– Oh, j'étais juste curieux, dit Tim sans la regarder.

– Ne commence pas à fouiner près de cet endroit, Tim. « La curiosité est un vilain défaut », tu sais. D'ailleurs, le vieux Bill Cole déteste les enfants. Ils passent leur temps à lui chaparder des pommes et il est prêt à tout pour les en empêcher.

« Même à les braquer avec son fusil », pensa Tim.

Soudain, des coups violents frappés à la porte d'entrée les firent sursauter tous les deux.

– Qui cela peut-il être, à cette heure-ci ? fit sa grand-mère d'un ton las.

Elle sortit de la pièce et s'éloigna dans le couloir.

Tim alla jusqu'à la porte de la cuisine sur la pointe des pieds et regarda l'entrée. Quand sa grand-mère ouvrit la porte, il vit une silhouette familière, terrifiante, plantée sur le porche.

– Où est ce garçon ? siffla Bill Cole. Celui qui était dans mon verger !

– Je ne vois pas de quoi vous parlez, Mr. Cole, répondit mamie. Et je vous saurais gré de ne pas me parler sur ce ton. J'aimerais que vous partiez, maintenant.

– Pas tant que je n'aurai pas fait ce que je suis venu faire, lui répondit sèchement le vieillard.

Tim écarquilla les yeux, avec un mélange de peur et de colère, en voyant le vieux Bill Cole se dresser dans l'entrée comme un prédateur. « Je dois aider mamie », se dit-il. Il serra les dents et s'engagea dans le couloir.

Bill Cole plissa les yeux en apercevant Tim.

– C'est lui ! Il essayait de me voler des pommes. Comme les autres !

– Si Tim était dans votre verger, Mr. Cole, je suis certaine qu'il ne voulait rien faire de mal. Maintenant, allez-vous-en, s'il vous plaît, répéta mamie.

Bill Cole l'ignora et fit un pas en avant.

Tim était terrorisé, mais il s'interposa devant sa grand-mère pour la protéger. Son cœur battait la chamade.

– ALLEZ-VOUS-EN ! hurla-t-il. Qui voudrait de vos pommes pourries, de toute façon ?

– Qu'est-ce que tu dis, petit ? tempêta Bill Cole, rageur.

– Chut, Tim, s'il te plaît, souffla sa grand-mère en le tirant vers elle.

En voyant le regard d'avertissement qu'elle lui jeta, Tim se tut. Mais il était furieux contre Bill Cole : comment osait-il se montrer si grossier et menaçant avec sa grand-mère ?

– Je regrette que vous pensiez que Tim essayait de vous voler des pommes, reprit mamie.

– C'est lui qui va le regretter, s'il recommence ! gronda Bill Cole. Je ne veux pas que les gens s'approchent de ma propriété, vous le savez. Votre mari aussi le savait, n'est-ce pas ?

Un soupçon de sourire vacilla sur les lèvres de Bill Cole.

Tim sentit sa grand-mère frémir.

– Mais vous êtes sur *ma* propriété, pour le moment, rétorqua-t-elle, la voix tremblante.

– Vous feriez mieux de surveiller ce garçon. Sinon je m'occuperai de lui moi-même ! rugit Bill Cole. Tenez-le à distance de mon verger et de mes pommes.

Enfin il tourna les talons.

Tim regarda le vieillard disparaître dans l'obscurité.

– Ça va, mamie ? demanda-t-il en lui prenant la main pour l'entraîner vers une chaise.

– Ça va, Tim.

Mais il remarqua qu'elle tremblait légèrement. De sa main libre, elle fouilla dans la poche avant de son tablier et en sortit un petit mouchoir brodé.

Tim la regarda se tamponner rapidement les coins des yeux.

– Il faudrait que quelqu'un se charge de le calmer, mamie ! dit-il avec colère, en lui pressant la main plus fort.

– Mais comment ? soupira sa grand-mère.

Banjo, sentant le malaise de mamie, s'approcha et s'allongea à ses pieds, en braquant sur elle ses grands yeux humides, comme pour vérifier qu'elle allait bien.

– Viens là, dit-elle avec un sourire. Venez, tous les deux.

Elle se pencha pour caresser Banjo.

– Je vais bien.

– J'ai entendu ce que ce type a dit. C'est vrai que je suis allé dans son verger, mais je ne lui ai pas volé une seule pomme, mamie. Je te le jure.

– Je te crois, Tim, dit-elle en lui pressant la main. Ne t'inquiète pas à cause de lui. Il ne me fait pas peur. Ton grand-père disait toujours que c'était une grosse brute.

Tim se leva et gonfla la poitrine.

– Je vais aller le voir et lui dire que je n'ai pas touché à ses pommes, marmonna-t-il. Et qu'il était grossier de te parler sur ce ton.

– Non, Tim, répliqua vivement sa grand-mère. Oublie ça. C'est fini, maintenant. Je vais bien.

Elle lui sourit.

– Maintenant, si tu mangeais ta tarte aux pommes ? Je l'ai préparée spécialement pour toi. Et tu sais ce qu'on dit : « Profite aujourd'hui ou tu regretteras demain. »

Tim obéit – mais à présent, il était furieux. En mangeant, il pensa au vieux Bill Cole. Il n'aurait pas dû être aussi méchant avec mamie – elle n'avait rien fait. Ce n'était qu'un vieux tyran égoïste et il était temps que quelqu'un lui donne une leçon.

—

Le lendemain matin, Tim se leva tôt et sortit de la maison avant même d'avoir pris son petit déjeuner. Sa grand-mère lui lança que le petit déjeuner est le repas le plus important de la journée, ou quelque chose du même ordre, mais il fonça vers la grange et récupéra un seau en métal rouillé qu'il accrocha au guidon de son vélo.

Il pédala aussi vite que possible vers le taillis et le haut mur de pierre qu'il dissimulait.

Quand il arriva au pied du mur, il jeta le seau par-dessus et attendit, immobile, pour voir si quelqu'un venait. Personne. Il se hissa sur le faîte et attendit encore. Il n'entendit rien d'autre que le chant discret des oiseaux.

Tim avait une bonne vue sur le verger du vieux Bill Cole à travers les pommiers lourdement chargés de fruits, et il voyait que la ferme et la grange en bois se trouvaient à une centaine de mètres sur sa gauche. Il ne les avait pas remarquées lors de sa première incursion dans le verger.

Il sauta dans l'herbe, où il serait invisible depuis la maison, et ramassa le seau rouillé. Il avança prudemment entre les rangées de pommiers – il n'avait pas envie de tomber sur Bill Cole.

Il découvrit avec soulagement que le verger s'étendait pratiquement jusqu'à la maison : les arbres lui permettraient de s'approcher tout près sans être vu. Il entendit un petit cliquetis, à proximité ; il plissa les yeux pour voir ce qui faisait ce bruit.

Toute une rangée de vieux carillons rouillés étaient accrochés au porche de la maison et sur le seuil de la grange. Les pattes métalliques de ces grandes araignées tintaient dans la brise légère. Tim s'arrêta un moment pour regarder les formes suspendues, avant de se réfugier derrière un arbre tout proche. Il tâtonna dans l'herbe haute et, enfin, ferma les doigts sur une pierre plate, assez large. Il se redressa, visa et la jeta vers la maison du vieux Bill Cole.

Elle cogna le chambranle de la porte d'entrée avec un craquement sonore. Tim attendit, puis lança une autre pierre. Celle-ci heurta la porte en plein milieu.

Quelques instants après, Bill Cole surgit et scruta les alentours, les joues rougies de fureur.

– Qui est là ? rugit-il.

Tim était toujours accroupi derrière l'arbre. Il retenait son souffle, de peur de se faire repérer.

Au bout d'un moment, Bill Cole disparut à l'intérieur, et Tim s'approcha de la grange, où il ramassa une autre pierre. Il la lança de toutes ses forces et, une fois de plus, elle atterrit contre la porte d'entrée.

Bill Cole reparut aussitôt sur le seuil pour inspecter le jardin, de ses petits yeux noirs, en quête d'intrus.

– Si c'est toi, petit, tu vas le regretter ! tonna-t-il.

Tim retint de nouveau son souffle. Il sentit battre

son cœur à travers sa chemise, et la transpiration perlait sur son front.

– Je sais que tu m'entends, continua Bill Cole. Ta grand-mère n'est plus là pour te protéger, maintenant, hein ? Écoute bien, je te préviens : ne mange pas ce qui ne t'appartient pas. Tu le regretterais.

Le vieux fermier rentra dans la maison, et en ressortit au bout de quelques minutes avec son fusil. Il traversa la cour et s'avança résolument dans les rangées d'arbres, à l'opposé de l'endroit où Tim se cachait.

Le garçon l'entendait marmonner avec colère en traversant le verger à grand pas. Sa voix s'estompa progressivement à mesure qu'il s'éloignait. Tim attendit encore un peu, puis sauta en l'air et se suspendit à une branche basse.

Une pluie de pommes rouges tomba autour de lui ; il se hâta d'en ramasser le plus possible, qu'il entreposait dans le seau rouillé. Il vérifia que le vieillard n'était pas dans les parages, puis se faufila vers les deux arbres suivants et répéta l'opération ; des pommes tombèrent en cascade, roulant ici et là sur le sol herbeux.

Quand le seau fut plein, Tim fila vers le porche du vieux Bill Cole et le vida sur le plancher craquelé. Ensuite, il tourna les talons et repartit en courant vers les pommiers. Il ramassa de nouvelles pommes qu'il entassa dans son seau, et revint le vider sur le vieux porche en bois.

Les carillons-araignées tournaient et cliquetaient dans le vent chaque fois qu'il passait devant en courant. Tim répéta l'opération le plus vite possible jusqu'à ce que le porche du vieux Bill Cole ne soit plus qu'un océan de pommes rouges. Il étala les pommes à gauche et à droite, hâtivement. Quand il fut enfin satisfait de son travail, il entendait toujours le vieillard crier au milieu des arbres, dans le lointain.

Prudemment, Tim battit en retraite dans la cour. Il sourit ; les pommes qu'il avait soigneusement disposées épelaient les mots GROSSE BRUTE en grandes lettres rouges.

Parfait.

« Prends ça, pour avoir été aussi égoïste et pour avoir crié sur ma grand-mère », pensa-t-il.

Tim courut dans la grange et en inspecta l'intérieur.

Derrière lui, une échelle menait dans un grenier à foin. Il y grimpa et s'installa dans un coin sombre. Bill Cole viendrait peut-être le chercher ici, mais Tim était sûr que la pénombre le cacherait bien.

La vue était formidable. GROSSE BRUTE était encore plus visible depuis sa cachette surélevée. D'ici, il pouvait voir tout le verger et, mieux encore, il apercevait le vieux Bill Cole qui revenait vers la maison, furibond.

– Je sais qu'il y a quelqu'un ici ! hurla le vieillard au milieu des arbres.

Ensuite, sa colère se mua en surprise quand il vit ce que Tim avait écrit avec les pommes tombées des arbres. Depuis le grenier à foin, Tim ne perdit pas une miette du spectacle. Il sourit.

– Comment oses-tu ? rugit le vieux barbu.

Il recula d'un pas, marcha sur une pomme et perdit l'équilibre.

Bouche bée, Tim regarda Bill Cole tomber en arrière, en lâchant son fusil. Il n'en avait pas espéré tant !

Quand le fusil heurta le sol, un coup partit dans un éclat de tonnerre. L'énorme projectile de l'arme toucha l'un des carillons-araignées, qui éclata en mille morceaux.

Dans le grenier à foin, Tim s'efforça de rester discret. Intérieurement, il riait si fort qu'il sentit des larmes lui rouler sur les joues. Il regarda le vieux Bill Cole donner un coup de poing rageur sur le porche.

– Je t'aurai ! hurla-t-il. Je te trouverai. Je sais que tu es le garçon d'à côté !

Le rire se figea brusquement dans la gorge de Tim.

– N'est-ce pas ? poursuivit Bill Cole.

Tim fronça les sourcils, mal à l'aise. Mais l'homme ne pouvait pas être sûr que c'était lui.

Si ?

– Tu me le paieras, ragea Bill Cole. Je ne laisse personne me ridiculiser ! Et je ne laisse personne manger mes pommes !

– C'est ce que tu crois, souffla Tim dans sa barbe.

Il plongea la main dans son seau et en sortit une grosse pomme rouge, bien juteuse. En quelques secondes, il arriva au trognon. Les petits pépins noirs brillaient ; les paroles de sa grand-mère lui revinrent à l'esprit. « Attention aux pépins. On ne voudrait pas qu'un pommier te pousse dans le ventre ! »

Tim secoua la tête et sourit. Un pommier pousserait dans son ventre s'il avalait les pépins ?

– Ouais, c'est ça, mamie ! gloussa-t-il.

Il entendait toujours les jurons et les grommellements du vieux Bill Cole, dehors. Tim se laissa retomber dans la paille. Il avait montré à Bill Cole qu'il ne pouvait pas s'en tirer comme ça quand il agressait quelqu'un. Il fourra le trognon de la pomme dans sa bouche et le mangea – avec les pépins et tout.

—

Deux jours avaient passé depuis l'équipée hardie de Tim dans le verger du vieux Bill Cole. Allongé dans son lit, il regardait les rayons du soleil qui filtraient entre les rideaux. Il était seulement huit heures et demie ; Tim voyait bien que ce serait une nouvelle journée radieuse.

Il sourit ; quelle idée géniale il avait eue de laisser le seau devant la porte du vieillard, rempli à ras bord de fruits à moitié mangés ! Il regrettait de ne pas avoir pu voir la tête du vieux Bill Cole quand il l'avait trouvé. Malgré tout, le voir glisser et tirer sur le carillon du porche avait été largement aussi drôle. Et depuis, le vieil homme n'était pas revenu embêter mamie. « Mon plan a réussi. D'un bout à l'autre », conclut Tim.

Interrompant brutalement ses réflexions, un frisson désagréable lui parcourut tout le corps, suivi d'un gros éternuement.

– À tes souhaits ! lança sa grand-mère depuis le rez-de-chaussée.

Tim se leva en s'étirant.

Et il éternua de nouveau.

– À tes amours ! ajouta sa grand-mère.

Tim secoua la tête et s'essuya le nez. Il ne pouvait pas être en train de s'enrhumer tout de même… Si ? Il se mit à tousser. Une toux sèche qui le fit trembler de tout son corps. Il plaqua la main devant sa bouche et toussa encore.

Il avait l'impression d'avoir quelque chose de coincé dans la gorge.

Il s'assit sur le bord de son lit pendant une minute et attendit que cette sensation passe, puis se remit debout et gagna la salle de bains.

Il fit couler l'eau dans la vieille cuvette en porcelaine et se lava la figure et les mains.

Dehors, dans la cour, Banjo aboyait gaiement. Tim se mit à réfléchir à ce qu'ils pourraient faire tous les deux, aujourd'hui.

Il venait de finir de se laver les dents quand il fut pris de nouveau d'un impérieux besoin de tousser. Il commençait à éprouver un léger malaise. Il se frotta la poitrine, et toussa une fois de plus.

Cette fois-ci, il sentit quelque chose au fond de sa gorge.

Quelque chose de dur et de pointu.

Chancelant, il se cramponna de toutes ses forces au rebord du lavabo.

Il s'inspecta dans le miroir au-dessus du lavabo et tira la langue. Affolé, il écarquilla les yeux. Il y avait quatre petits objets noirs et brillants au fond de sa bouche... mais ce n'étaient que des pépins.

Tim les recracha et les examina pendant une seconde. Ensuite, il les jeta vite dans les toilettes et tira la chasse d'eau.

Il examina son reflet dans le miroir une seconde de plus ; content de noter qu'il n'avait pas l'air malade, il retourna dans sa chambre pour s'habiller, avant de descendre prendre son petit déjeuner.

– Encore une matinée superbe, dit sa grand-mère quand Tim entra dans la cuisine et s'assit.

Pendant un moment, il se demanda s'il devait mentionner ce qui venait de se produire à l'étage, mais il se ravisa et se contenta d'attaquer son assiette d'œufs au bacon.

– Tu te sens bien, Tim ? Je t'ai entendu tousser et éternuer.

– Oh, c'était rien, mamie, répliqua-t-il sans la regarder.

– Eh bien, en tout cas tu as *l'air* en forme. Tu as les joues rouges comme des pommes ! gloussa-t-elle.

Tim posa un doigt sur sa joue et, pendant une seconde, il eut la conviction qu'elle était lisse et glissante – comme la peau d'une pomme. Cette idée lui coupa l'appétit, tout d'un coup. Il secoua la tête, en se reprochant ses pensées stupides, et reprit une bouchée de nourriture.

– Alors, qu'est-ce que tu vas faire aujourd'hui ? s'enquit sa grand-mère.

– Juste un tour de vélo pour explorer la ferme, dit-il en se levant.

– Bon, n'épuise pas ce pauvre vieux Banjo, d'accord ? Il n'est plus aussi jeune qu'avant. Un peu comme moi !

Elle sourit et ébouriffa les cheveux de son petit-fils quand il passa devant elle pour sortir dans la cour.

– Banjo ! appela-t-il, attendant que le beagle accoure en bondissant.

Il ne vit aucune trace du chien.

– Viens, mon grand ! insista Tim en traversant la cour en direction de la grange.

Un silence accueillit ses appels. Aucun aboiement excité, aucun jappement ravi ne dérangea le calme paisible de la vieille ferme au matin. Ensuite, Tim remarqua une forme sombre à l'autre bout de la cour, près de la grange. Il sourit.

– Banjo ! Viens, ça fait un moment que je t'appelle.

Tim s'approcha du beagle, un peu surpris de voir que l'animal restait couché sur le ventre et le regardait sans bouger. Banjo ne faisait aucun mouvement pour le rejoindre.

– Ça va, mon grand ?

Tim se demandait si Banjo était blessé.

Quand il fut à un mètre du chien, l'animal se redressa sur ses pattes et montra les dents. À mesure que le garçon s'approchait, Banjo se mit à grogner de plus en plus fort.

Tim se raidit, stupéfait.

– Qu'est-ce que tu as ? Ce n'est que moi, voyons !

Il tendit la main vers le beagle.

Le grognement de Banjo s'intensifia et il commença à reculer. Tim remarqua que les poils de sa nuque étaient hérissés. Le chien aboya une fois, puis tourna les talons et s'enfuit vers les champs abandonnés, derrière la ferme.

Tim resta figé sur place, étonné. Le comportement de Banjo l'inquiétait un peu. Finalement, il enfourcha son vélo et traversa la cour pour rejoindre le chemin de terre qui partait de la ferme de sa grand-mère.

Quand le soleil atteignit son point le plus haut dans le ciel, plus tard dans la journée, Tim décida qu'il en avait assez. Cela faisait des heures qu'il pédalait dans le labyrinthe interminable de petits chemins dont il poursuivait l'exploration, perdu dans ses pensées. Son tee-shirt était trempé de sueur. Un petit coup de vent le rafraîchit, et il remarqua soudain qu'il avait un peu mal aux mollets et aux chevilles.

Tim grogna en les examinant : ils étaient couverts de cloques blanches à cause des orties. Plongé dans ses réflexions, il n'avait même pas senti les plantes brûler ses jambes.

Il s'arrêta, arracha une feuille de patience et se baissa pour la frotter sur les marques gonflées qui le démangeaient aux jambes. Quand les picotements s'apaisèrent, Tim lâcha la feuille par terre et se redressa, impatient de trouver un coin d'ombre où se reposer, à l'abri de la chaleur de l'après-midi. Mais, en levant la tête, il eut un léger étourdissement. Il percevait une petite sonnerie dans son oreille gauche – un peu comme s'il avait écouté de la musique très fort – et crut qu'il allait s'évanouir. Il n'avait peut-être pas bu assez d'eau – après tout, il faisait vraiment très chaud, aujourd'hui. Était-ce un début d'insolation ? Il secoua faiblement la tête, et la sonnerie s'estompa quelque peu. Il remonta sur son vélo, incertain, et repartit.

Quand il débarqua dans la cour, il ne vit aucune trace de Banjo. Il pédala jusqu'à la grange et appuya son vélo contre la porte. En sentant l'air frais qui émanait de l'intérieur, il poussa un soupir de soulagement. Il entra… et lâcha un hoquet de stupeur quand il aperçut le mur du fond.

De la charpente jusqu'au sol, le mur semblait drapé sous un mince rideau grisâtre. Une fine toile d'araignée le recouvrait tout entier.

Fasciné, Tim s'approcha pour l'examiner de plus près. Les espaces entre les fils de cette toile gigantesque étaient grands comme son poing. Il inspectait toujours la toile, quand il perçut du mouvement.

Sous le choc, il faillit tomber en arrière : une ÉNORME araignée avait déboulé du trou le plus proche de lui. Sans s'en rendre compte, Tim s'était trop approché et avait frôlé la toile.

C'était la première fois qu'il voyait l'araignée de si près. Les yeux écarquillés, il fixa son abdomen gonflé, plein de mouches, et ses pattes velues qui remuaient.

L'araignée avança vers le bord de la toile. Ensuite, rapide comme l'éclair, elle sauta sur le sol, toujours accrochée au bout d'un fil, et se mit à courir vers Tim.

Horrifié, le garçon recula d'un bond et ramassa une pierre par terre, prêt à la jeter sur l'araignée. Il ne voulait plus la voir.

– Tim !

Cette voix le fit sursauter. Il se retourna.

Sa grand-mère était sur le seuil de la grange.

– Qu'est-ce que tu fais ? voulut-elle savoir, en voyant la pierre qu'il avait à la main.

– Il y a une araignée, dit-il. Une énorme araignée.

– Il y en a beaucoup ici, Tim. Ne va pas les tuer, ordonna-t-elle, ça porte malheur. Tu sais ce qu'on dit : « Araignée du soir, espoir ! »

Tim regarda derrière lui ; l'araignée avait disparu. Elle était retournée dans une de ses cachettes : la toile était vide.

Sa grand-mère le rejoignit et l'embrassa sur la joue. Elle lui glissa quelque chose dans la main.

Tim baissa les yeux : c'était une pomme. Il frissonna.

– Mange ça, lui lança-t-elle en repartant vers la maison. « Une pomme par jour, en forme toujours », d'après ce qu'on dit !

Sa grand-mère le laissa seul dans la grange. Tim

laissa tomber la pomme par terre. Il ne voulait même pas l'avoir dans sa poche, encore moins dans son estomac. Distraitement, il tira sur son oreille gauche. Cette même oreille qui l'avait embêté tout à l'heure. Elle le grattait, tout au fond du conduit auditif. La démangeaison ne passait pas. Tim secoua vivement la tête, mais rien ne paraissait l'aider cette fois-ci. En fait, cela empirait, manifestement. Outre la démangeaison, il entendit un bruit de froissement sourd – comme s'il avait collé son oreille contre un coquillage.

Ensuite, cela devint encore *bien pire*.

Tim eut l'impression qu'une guêpe bourdonnait au fond de son oreille – son minuscule dard semblait le piquer et s'enfoncer plus avant.

Il sortit de la grange et secoua frénétiquement la tête, en se triturant l'oreille.

Soudain, il sentit quelque chose de bizarre, là-dedans, qui se pliait sous son doigt.

Réfléchissant à toute allure, il se plaqua une main sur l'oreille et se précipita dans la maison, puis monta dans la salle de bains pour s'examiner dans le miroir.

Il tourna la tête vers la droite et inspecta son oreille gauche. Quelque chose en dépassait.

Quelque chose de vert et de pointu.

Avec le pouce et l'index, Tim essaya d'extraire la chose, mais elle était difficile à attraper, et semblait bien coincée.

D'un coup, Tim prit peur.

Le cœur battant frénétiquement contre ses côtes, il réessaya. Cette fois, il parvint à saisir l'objet. Il tira dessus.

Avec un « pop ! », l'objet se détacha. Tim le regarda.

C'était une feuille.

Il la considéra avec stupeur pendant un long moment.

Une feuille… dans son oreille ? Comment était-elle arrivée là ?

Peut-être qu'elle était tombée d'un arbre pendant sa virée en vélo, et qu'elle avait atterri dans son oreille ? Mais comment avait-elle pu s'introduire si profondément ? C'était absurde.

Les yeux fixés sur la feuille, Tim entendit de nouveau la sonnerie. Et la démangeaison le reprit – mais cette fois, c'était au fond de son oreille droite.

Quelque chose remua à l'intérieur.

Tim tourna la tête pour examiner son oreille droite dans le miroir… et manqua hurler de frayeur. Une forme verte, enroulée sur elle-même, avançait vers l'extérieur, tournicotant et gigotant vers la lumière.

Tim avait le tournis et une terrible envie de vomir. Il attendit un moment, afin de retrouver son calme avant de quitter la salle de bains et d'aller prendre l'air dehors. D'abord les pépins, puis l'étrange réaction de Banjo face à lui, ensuite l'araignée… et maintenant ces feuilles ! Décidément, il passait une journée *trop* bizarre.

—

Après le dîner, Tim regarda la télévision pendant un petit moment. Il était épuisé.

– Tu es peut-être en train de tomber malade, finalement, chéri, dit sa grand-mère en lui tâtant le front. Tu es sûr que tu te sens bien ?

Pendant une seconde, il fut tenté de mentionner les pépins qu'il avait crachés et les feuilles, mais, une fois de plus, il se ravisa.

– Je suis juste crevé, mamie. Je crois que je vais monter me coucher et lire un peu avant de dormir.

– Bonne idée. Je vais t'apporter du lait chaud.

– Merci, mamie.

Tim s'éloigna d'un pas fatigué vers l'escalier.

Il s'arrêta au pied des marches.

– Tu as vu Banjo ?

– Il est revenu manger son repas du soir il y a environ une heure, mais je ne l'ai pas vu depuis, répondit sa grand-mère. Dieu sait pourquoi, il n'a pas voulu entrer dans la maison. Vieux chien stupide.

Elle sourit.

– Il a attendu que je dépose sa gamelle pleine sur le porche pour manger. Mais il sera de retour avant la nuit : il aime trop son panier !

Tim hocha la tête et monta dans la salle de bains. Il allait enfiler son haut de pyjama, quand il sentit une grosse bosse au milieu de son estomac. Il se figea un instant et fixa cette horrible protubérance rose. Il la toucha doucement. Ça ne faisait pas mal.

Il l'inspecta de plus près, et vit que la peau était toute brillante autour, comme si quelque chose la poussait de l'intérieur. Il palpa encore la bosse. On aurait dit qu'une balle de tennis avait été glissée sous sa peau.

Soudain, la bosse bougea.

Tim poussa un hurlement. Le souffle court, la bouche sèche, il sentit la terreur lui nouer la gorge, comme une montée d'acidité.

Les doigts tremblants, il tâta de nouveau la bosse. Et elle bougea encore.

Elle était sous son nombril, à présent. Tim éprouva l'étrange désir d'appuyer dessus des deux mains. Pendant un moment d'horreur, il crut que la peau de son ventre allait se déchirer.

Son nombril s'ouvrit comme une bouche béante, cracha un objet rond et se referma. L'objet roula sur le sol de la salle de bains et, quand il vit ce que c'était, Tim poussa un nouveau cri de terreur.

Par terre, il y avait une grosse pomme rouge.

Tim s'éloigna du fruit rutilant comme si c'était une bombe prête à exploser.

– Tim, ça va ?

Il entendit la voix de sa grand-mère devant la porte de la salle de bains, mais son attention resta rivée sur la pomme qui était sortie de son ventre.

– Tim ! appela-t-elle encore en cognant de l'autre côté.

En se tournant vers la porte, Tim aperçut fugitivement son reflet dans le miroir de la salle de bains.

Il y avait une nouvelle bosse sur son épaule gauche.

Celle-ci était plus petite, mais quand Tim leva la main pour la toucher, la tumeur enfla sous ses doigts.

Et une autre bosse poussa la peau sur son flanc.

Derrière la porte, sa grand-mère l'appela encore une fois.

Tim voulait répondre que tout allait bien, mais il savait bien que ce n'était pas vrai. Loin de là.

Il se cramponna au lavabo quand le miroir lui montra de fines pousses émergeant de son nez et de ses oreilles.

Comme des bourgeons de feuilles.

– Tim, je voudrais m'assurer que tu vas bien, chéri, insista sa grand-mère, en frappant à la porte. S'il te plaît !

Tim approcha le visage à quelques centimètres du miroir. Le spectacle qui s'offrait à lui semblait sortir tout droit d'un cauchemar.

Pendant un bref instant, il crut que les veines qui

striaient le blanc de ses yeux avaient explosé. Elles parurent enfler, couvrir les iris jusqu'à ce que ses deux yeux soient entièrement rouges, aussi rouges que les pommes dans le verger du vieux Bill Cole.

Étourdi, Tim cligna les paupières avec véhémence et se regarda de nouveau : ses yeux étaient normaux.

Que lui arrivait-il ?

Il s'éloigna du miroir, pris de vertige, et gagna la porte de la salle de bains. Une seule personne savait ce qu'il avait, il en était certain. Le vieux Bill Cole.

Les mains tremblantes, il remit son tee-shirt, puis ouvrit la porte, passa précipitamment devant sa grand-mère, ignorant ses appels, et courut au rez-de-chaussée.

Il l'entendait toujours crier son nom quand il fonça dehors, mais ne s'arrêta pas. Il courut aussi vite que possible vers le taillis, escalada le haut mur et atterrit dans le verger. Il ne sentit pas les ajoncs ni les briques râpeuses qui lui égratignaient et lui griffaient les bras et les jambes.

Il courut le plus vite possible vers la maison du vieux Bill Cole. Dans sa hâte, il trébucha sur une branche tombée et s'étala par terre, évitant de justesse de se cogner contre un arbre tout proche.

Haletant, Tim s'aida du tronc pour se redresser. Au début, il crut que ses yeux lui jouaient des tours, mais il dut se rendre à l'évidence : non, il ne rêvait pas.

Sur l'écorce noueuse, il y avait un visage.

L'arbre suivant était pareil.

Et le suivant aussi.

Chaque pommier, autour de lui, arborait un visage humain. Gravé dans l'écorce comme l'œuvre cauchemardesque d'un sculpteur fou.

Tim les fixa avec horreur. Il y avait des garçons et des filles. Les uns avaient la bouche ouverte, comme pour appeler au secours. Plusieurs avaient les yeux exorbités. L'expression torturée de ces globes de bois vitreux montrait leur terreur et leur désespoir.

Étourdi, Tim essaya de marcher vers la ferme, d'un pas incertain, mais ses jambes lui paraissaient lourdes, si lourdes… Il se reposa, à bout de souffle, contre un vieil arbre courbé qui était plus noueux que les autres, pour tenter de se débarrasser de son vertige. Mais là, il ouvrit la bouche, épouvanté, incrédule.

Le visage sur l'arbre était celui de son grand-père.

Tim voulut hurler, mais ne put émettre un seul son.

Il tenta de nouveau de s'enfuir, mais sentit quelque chose de dur et de sombre déchirer la peau de son avant-bras gauche. Et de sa cuisse droite.

Ce fut indolore ; il sentit juste ses membres se gripper, se raidir atrocement. Au prix d'un énorme effort, il baissa la tête pour se regarder, affolé. D'épaisses branches couvertes d'écorce sortaient de ses bras et de ses jambes.

Soudain, une sorte de racine d'un blanc laiteux jaillit de sa cheville droite et plongea dans la terre.

Tim parvint à avancer la jambe, mais la racine se replanta et d'autres la rejoignirent, émergeant de ses pieds.

Elles enracinèrent Tim sur place. Il essaya une fois de plus d'appeler au secours, mais à présent, sa mâchoire était durcie, immobilisée. Il ne pouvait plus tourner la tête. Il sentit tout son corps se raidir, et de l'écorce se former à la place de sa peau.

Il entendit des pas s'approcher.

La sinistre silhouette du vieux Bill Cole apparut juste en face de lui. Tim vit que le vieillard, en regardant l'écorce recouvrir le visage du jeune garçon, affichait un grand sourire.

TABLE DES MATIÈRES

VOUS AVEZ EU PEUR ?
PRÊT À RECOMMENCER ?

Découvrez trois nouvelles histoires
qui vous pétrifieront d'effroi !

N° d'éditeur : 10130647 – Dépôt légal : juin 2006
Imprimé en France par Hérissey à Évreux (Eure) - N° 101869